めぐり逢う季節

JN285722

■主要登場人物

コリーン・フリモント……市場調査会社のアナリスト。
エリザベス…………コリーンの母方の祖母。
アレックス…………コリーンの父。
セリース……………コリーンの母。
ロクサーン…………コリーンの妹。
フランク・シルトン……ロクサーンの夫。
コリー・ヘラディン……実業家。
アラン・ドルーカー……コリーの友人。市場調査会社経営。
ジュリー……………アランの妻。
スコット……………アランとジュリーの息子。

1

　コリー・ヘラディンは小さなぬいぐるみの猿をまるめてフットボールの形を作り、ためしにぽんとトスを上げてみた。それからしっかりと両足を踏んばって前かがみになり、両手でつかんだ猿のボールを地面に下ろすと、青々と茂った芝生に散らばる架空の味方チームを見渡した。

「ようし！　作戦ナンバー、18、23、7でいくぞ！」彼は大声で叫んで身を起こし、軽くボールをトスして、それを高々とキックした。そして、きれいに弧を描いて宙を飛ぶボールを追って走り出し、みごとにキャッチしてから、すばやくそれを小脇《こわき》にかかえた。今度は相手チームの選手の役になりきっている。コリーはタックルされるのを避けながら反対方向に向かってジグザグに走り、首尾よくタッチダウンをはたすと、ボールをつかんだ手を高く突きあげ、架空の観客に向かって勝利を宣言した。

「コリー！　いったいなにをしてるんだ。気でも狂ったんじゃないのか？」

アラン・ドルーカーが芝生の上を走ってきて手を伸ばした。「おい、これはフットボールじゃなくて、ぬいぐるみじゃないか！」そう言うと懸命に猿の手足をほどきだした。

「スコットが見つけたら、怒り狂うぞ！」

「ごめん、悪かったよ、アラン」コリーは素直にあやまった。

アランは猿をくまなく調べて傷がないのを確かめてからコリーをにらんだ。「冗談じゃないよ、まったく。この猿には金がかかっているんだぞ！　なにしろスコットが宝物みたいにだいじにしているんだからな。いつかレストランのトイレに忘れてきたときなんか、わざわざ四十分もかかって引き返して取ってきたし、目がとれたときにはそれこそ大騒ぎしたもんだ。それにこれは二つ目のジョッコでね――ジョッコっていうのはスコットが勝手に付けた名前なんだけど、最初のはうっかり乾燥機に入れて溶けちゃったものだから、女房のやつ青くなって会社に電話してきて、同じのを買ってこいって言うんだ。おかげで、四軒もおもちゃ屋をまわらされたよ」

「……」

「そんなにだいじな物だったのか！　そこの木の根元に転がってたもんだから、つい

「五つの子供がどれだけ大変か知らないだろう」アランはいかにも困惑した口調で言った。「スコットのやつ、なかなか一筋縄ではいかなくてね。思いどおりにならないと、もう手に負えないんだ」

「身に覚えがあるよ」コリーはポーチに向かって歩きながら言った。「僕たちもスコットと似たようなものだったんじゃないかな」

「そうだな。しかし、君はもうそこから抜け出したね」とアランが言う。

「君のほうは仕事上ではまだまだ自分を強引に押し通そうとする。君が譲歩するのは家族といっしょのときだけだろう。女房と子供が二人もいれば、そうならざるをえないんだろうけどね」

コリーとアランは大学時代の四年間をずっと同じ寮で過ごしたルームメイトだった。二人ともなかなかハンサムで、背も体つきも似通っていた。また、趣味や楽しみに情熱を燃やすところも共通していて、二人の大学時代は、まさに青春の魅力に満ち満ちていた。

そのときだった。Tシャツとショートパンツ姿で髪をくしゃくしゃにした、いかにもわんぱくそうな男の子が走ってきて、「ジョッコ！」と叫んだ。アランが息子に猿を差し出すと、コリーがとめる間もなく、スコットはいきなりそれをひったくった。そしてタオルのように首に巻きつけ、「見つけたあ！」と甲高い声をはりあげてうれしそうにはしゃいでいる。

「アラン！」今度は居間のガラスドアが開いて、アランの妻のジュリーの声がした。「コリーンがいらしたわよ！」

「コリーン?」とコリーがきいた。

「仕事だ。すぐすむよ。スコットを見ててくれるかい」

コリーはうなずいてスコットの腕をつかむと、顔をのぞきこんで言った。「さあ、どこにも行かせないぞ」

「僕、もう一つぬいぐるみが欲しいんだ。ママと約束したんだから」

「でも、ママはジェニーの世話で忙しいんじゃないかな」

スコットはかぶりを振った。「ジェニーは寝てるよ。いっつも寝てるんだ」

「まだ二つだからね、ジェニーは。スコットだって二つのときは寝てばかりいたんだぞ」

「寝てなかったよ！」そう言ったかと思うと、スコットはコリーから自由になろうとして激しく身をくねらせ、すきをついてぱっと逃げ出した。エネルギーにあふれた子供のうしろ姿を眺めながら、コリーはそのとき初めて、なぜアランが家庭に落ち着いたか理解できた気がした。こういう家庭なら、僕だってそのうち落ち着いてもいい……コリーは一瞬そんなことを思い、不思議とその考えに満足感を覚えながら居間に向かって歩き出した。

「これですべて整っています」コリーン・フリモントはアランの書斎のデスクに大きな茶封筒を置き、その上にほっそりとした手をのせた。「今朝、すべての作業を終了しました」

アランは両腕を組んで唇をまっすぐに結び、そのままデスクに寄りかかった。「今日は日曜日だよ。こういうときは、〝土曜日だというのに徹夜で仕事をしました〟ぐらい言っていいんだ」

コリーンは弱々しく肩をすくめて、「それじゃあ、調査分析のために土曜日は徹夜をしました」と言い直した。

「そこまで仕事をやる必要はないんだよ、コリーン。たまには自分の時間を持つ権利だってあるんだから」

「ええ、でも私の責任なんです。金曜日までに書類を用意できませんでしたから。プレゼンテーションは明日ですので」

「君のせいじゃないよ。ジョナサン・オルターの責任だ」

「でもジョナサンは私の部下ということになっています。その点は彼も承知しているはずです……まあ、とにかく彼はコンピューターの専門家ですし、強い推薦があったのですから……」

「彼は僕の義理の兄の紹介で入社したんだ。その兄がたまたまジョナサンのまたいとこにあたっていただけの話だよ。あんな若僧を雇った責任はこの僕にある」

「彼はアマースト大学の優等学生友愛会のメンバーに選ばれたほど優秀な方ですわ」

「それがなんだというんだ。学校の成績と仕事は別だよ。ああいうやつを雇っておくほどの余裕はないんだ、こっちには」

「どうか解雇だけは思いとどまってください。これは彼の初めてのミスなんですから」

アランは頭を振った。「いや、あいつが最初に犯したミスはでかい態度で会社に入ってきたことだ。二番目はうぬぼれが強くて人に質問すべきときにしないこと。三番目はろくでもないプリントアウトを君に渡して、自分はさっさと帰って週末を楽しんでることだ」

「ちょっと注意するぐらいで十分じゃないでしょうか。そのうちわかりますわ、頭のいい人ですもの。それに、彼の専門はプログラミングですから、あとは、我が社のデータをいかに処理するかを学びさえすれば……」

「いや、それ以上のことを身につけてもらわなければ」

「そのうち、ちゃんとできるようになりますわ」

コリーは戸口に寄りかかってアランとコリーンが話しているのをそっと観察していた。格子縞《こうしじま》のシャツに、タックのはいったカーキ色のパンツ、それにカジュアルなデッキシューズというでたちのアランは、いかにも郊外の生活を楽しむ成功者といった雰囲気を漂わせている。

一方、コリーンは一六二、三センチぐらいだろうか。わりと小柄でほっそりとしていて、どちらかといえばボーイッシュな感じがする。豊かな黒髪をショートカットにしているせいで、よけいにそう見えるのかもしれない。ぱりっとアイロンのかかった白いブラウスをきりりとたくしこんだ濃い紫色の麻のパンツと、かかとの低いシンプルな靴とがよくマッチしている。コリーのいるところから見る限りでは、耳につけた大きな白いボタンのようなイヤリングだけが、唯一女性らしさを示しているようにさえ思われた。

「……それに、彼は入社してまだ一カ月ですもの、そんなに早く見限るのは公平じゃありませんわ」コリーンの声は甘く、思わず引きこまれるような魅力があった。

「しかし、だいじなクライアントを逃すところだったんだぞ」

「でも結果的にそれは回避できましたし、今後は私が事前にしっかりチェックいたします」

アランは不満そうにため息をついた。「ちょっとてぬるすぎるんじゃないか、コリーン。しかし、君が週末に働くのをいとわないと言うのなら、こっちはそれ以上なにも言わないがね」そう言ってアランが目を上げると、コリーが戸口から立ち去ろうとするところだった。

そのときコリーンがぱっと振り返り、一瞬沈黙が支配したが、次の瞬間、アランが咳《せき》ばらいをして背筋を伸ばした。

「入ってこいよ、コリー……。コリーン、僕の友人のコリー・ヘラディンだ。さっきの話は明日ということにしようか」アランは彼女の肩に手をかけてそそくさと書斎の外に導いた。

そのようすは一刻も早く彼女をこの場から立ち去らせたがっているような感じで、コリーは不審な気がした。なにもわざわざ子供を保護するみたいに肩に手をかけなくったって、彼女は一人前の女性に見えるのに……。

彼女がアランと話しているとき、うなじのあたりに見え隠れしていた地味なペーズリー柄のスカーフは、今見ると胸元でしっかりと結ばれている。もっと正確に言えば、ブラウスの第一ボタンのところに結びめがきており、それがいかにも彼女の貞操の堅さを物語っているようだった。

「ちょっと待てよ」コリーはそわそわしているようすの二人に呼びかけた。「アラン、どういう紹介の仕方なんだ、それは。ハローって言ったとたんにグッバイかい？　握手ぐらいしたっていいだろう」

「コリーンにはやることが山ほどあるんだ」アランが足早に歩きながら言う。すぐあとを追ったコリーは玄関ホールで二人に追いついた。

「君のいつもの礼儀正しさはどうしたんだ、アラン」コリーは二人の前にまわってにこやかに笑いながら手を差し出した。「お目にかかれてうれしいですよ、コリーン」

彼女はちゃんと礼儀を心得ているとみえて、そっと彼の手を握り返した。「こちらこそ、ミスター・ヘラディン」

「コリーと呼んでください」

彼女はほんのわずかだけうなずいてみせたが、その態度は、どこか威厳すら感じさせ、コリーはこんな女性は初めてだと思った。「コリーンとコリーは、ちょっとまぎらわしいなあ」コリーが親しげに言う。

「いや、彼女はもう帰るから、じきにまぎらわしくなくなるさ」アランはあわてて、コリーとコリーンを引き離そうとでもするかのように彼女に言った。「じゃあ、明日は九時半に」

「おい、待てよ。どこに行くんだい?」

「どこって、家《うち》に帰るんだよ。そうだろう、コリーン?」

彼女が答えようとする前にコリーが口を出した。「バーベキューに残ってもらったらいいじゃないか。どうですか、コリーン。ホットドッグにハンバーガーぐらいだけど……」

「それもいいけど、コリーンだってほかにいろいろやることがあるんだ。そうだろ、コリーン?」

「なんだい、さっきからコリーンが忙しい、忙しいって言ってるのはおまえじゃないか。ほんとは忙しくないかもしれないぞ。せっかく楽しい夜になりそうなのに」

「しかし、彼女だって、夜はご主人や子供たちといっしょに過ごすべきなんだ。そうだろ、コリーン?」

「ああ、そういうこと……」彼女の答えを聞く前にコリーは手を差し出しながら言った。

「それなら仕方ないですね。じゃ、ご家族と楽しい週末を」

コリーンは握手を返したものの、笑顔は見せなかった。考えてみると、彼女はまだ一度も笑っていない。だが、アランを見る目に、どことなく今の状況をおもしろがっているような色が漂っていた。

「それでは明日」コリーンはアランにそう言い残して、玄関ドアに向かった。

「書類をありがとう」アランが付け加えた。「今夜、目を通しておくよ」

白いフォルクスワーゲンに乗って走り去っていくコリーンを見送りながら、コリーは納得しかねる気持だった。「不思議な人だね。変わってる……」

「そんなことより、ハンバーガーの用意ができてるよ」アランはさっさとキッチンへ向かった。

遠ざかっていく彼女の車をもう一度振り返ってから、コリーはアランのあとに従った。

「彼女、いつから君の下で働いているんだい？」

「僕はハンバーガーの肉に混ぜるものを用意するから、君はホットドッグ用のソーセージに包丁で切れめを入れてくれよ」

「彼女、どういう仕事をしてるんだい？」コリーはなおもくいさがった。

「ジュリー、少し手伝おうか？」

ジュリーは冷蔵庫の中に首を突っこんでいるらしく、声がくぐもって聞こえてくる。

「コリーンはどこ？」

「今、帰った」

「あら、どうしてお引きとめしなかったの？　食料は十分に用意してあるのに」

「彼女はほかにやることがあるんだ」

「やることってなにかしら？」ジュリーが不審そうな声を出した。「前もってプランをたてるような人じゃないのに」

「僕はバーベキューグリルに火をつけてくるよ」逃げるが勝ちとばかり、アランはさっさとその場から姿を消した。

　コリーはカウンターに寄りかかってジュリーがレタスを洗っているのを眺めながら、

「日曜日に働くとは、ずいぶん熱心な人だな」と言った。

「コリーンのこと？　そうよ、それに感じのいい人」

「ちょっときちんとしすぎているところがありそうだけどね」コリーは彼女の完璧《かんぺき》だったスカーフの結び方を思い出した。

「ええ、それもそうね。でもきれいな人でしょう。いつもきちんとした格好をしていてね。私みたいにわんぱく小僧をかかえているわけでもないからうらやましいわ」

「おや、そう？」

　ジュリーはうなずいた。「彼女、お祖母《ばあ》さんと住んでるの」

　コリーはそれを聞いて、ふと自分の祖母を思い出した。「お祖母さんと言っても、子供と同じなんじゃないかな」

「とんでもない。しっかりしたお祖母さんでね。六十六、七かしら」

「コリーンは？」

「たしか、先月で三十になったと思うわ。私たち、お誕生日に、外でお食事をごちそうしたから」

「六十六歳の祖母と三十歳の孫といえば、彼女の母親はまだ十代のときに、彼女を産んだことになる……」

ジュリーは肩をすくめた。「コリーンは両親についてあまり話したがらないの。でも、一つ年下の妹さんがいて結婚してらっしゃるんですって。コリーンだってすばらしい奥さんになれるでしょうし、母親になってもうまくやれるだろうと思うのに、なぜ結婚しないのかしらね」

「アランはずいぶんとコリーンを大切にしているようだね」

「そりゃそうよ。辞められたら、とても困るんですもの」

「仕事以外のことでも気をつかってるみたいだけど」

ジュリーは流しから顔を上げて好奇心に満ちた目でコリーをちらっと見た。「それ、どういう意味？」

「僕が彼女を誘惑するんじゃないかって疑ってるんじゃないかな」

ジュリーは笑って言った。「それで、アランを責めてるの？　あなたは花から花へと自由に飛びまわる鳥でしょう。私だって娘が年ごろになったら、あなたみたいな男性には近づけたくないわ」

「僕はそんなわるじゃないさ」

ジュリーは改めてコリーの顔から爪先までをじっくりと眺めた。下は汚れたカットオフ・ジーンズに、くたびれたランニングシューズだ。「我ながら相当ひどい格好してるね」

「そんなことはいいのよ」ジュリーはそっけなく言って、今度は彼のがっしりとした肩幅や、厚い胸の筋肉、そしてすっきりとしたヒップから下に伸びる日焼けした長い脚へと目を走らせた。

「そんなふうに見ないでくれよ」

彼女はくすっと笑ってからからかうように言った。「赤くなったところがまたいちだんと魅力的だわ。もし私がアランにまいってなかったら、こちらからアタックしたいほどよ」

「そんなことより、もっと彼女について教えてもらいたいな」

「彼女って?」

「コリーンだよ」

「あら、あの人はあなたのタイプじゃないわ」

しかし、そう言うジュリーだって僕の好みのタイプというわけじゃない。でも、好みのタイプじゃないから好きにならないとは限らないのだ。現に、昔は僕と同じ女の子を好きになったアランがジュリーと結婚しているじゃないか……。「コリーンは結婚歴があるの？」

「彼女はとにかくあなたの好みじゃないわよ」

「だれか決まった人でもいるのかな？」

「だめだめ、いくら言っても、あなたのタイプじゃないんだから」

コリーは別の角度からもう一度攻めてみることにした。「アランとはどのくらいいっしょに働いてるんだい？」

「五年になるわ」

「どんな仕事をやってるんだろう？」

「アナリストだから、データの分析じゃない？」

「仕事はばりばりやるほうなのかな？」

「有能だし、仕事に打ちこむタイプね」

「出世欲は？」

「そのあたりはよくわからないけど、当分はアランといっしょに仕事をするつもりじゃないかしら。ボルティモアが好きだって言ってたから。今以上に彼女が出世するには、ほかの会社に引き抜かれるか、自分で会社を始めるかしかないわね」ジュリーはきゅうりのへたをディスポーザーに落としながらちょっと考えこんだ。「そのほうが彼女にとってはいいのかもしれないわ、もっと自由があって。今はまるで忠犬みたいに働いているんですものね」

「個人的な自由時間がないってわけだ」

「でも、彼女、それで不満はないらしいの」

「じゃあ、現状に甘んじるタイプなのかな？」

トマトを切ろうとしたジュリーは、思い余ったようにナイフを置くと、腰に手をあててため息をついた。「あなたには関係ないと思うけど、いちおう言っておくわ。コリーンは一度も結婚の経験がないの。婚約したことさえないし、だれか特定の人がいたわけでもないようよ。ほんとに彼女はあなたのタイプとはかけ離れているわ、コリー。なぜ、そんなにしつこく彼女のことをききたがるの？」

考えてみれば、ジュリーの言うとおりだ。僕の好みはグラマーで髪が長く、いかにも女っぽくてセクシーな女性なのに、コリーンはすべての面で正反対じゃないか……。

「実は僕にもよくわからないんだ」コリーはきまり悪そうに首のうしろをかいて、肩をすくめた。


翌日、まず、ボルティモアに来た目的の仕事を手短にすませたコリーは、いつのまにかアランの市場調査会社へと足を向けていた。どうしても、もう一度コリーンを見ておきたかったのだ。

正午を少しまわったころ、アランとコリーンが会議室から出てきた。コリーは三十分近くも受付のわきで待っていたというのに、二人はさっさとコリーの前を通り過ぎようとしている。あっと思って声をかけようとしたとき、アランがこちらを向いた。

「コリー！　どうしたんだ、こんなところで。会議があったんじゃないのか？」

「いや、一時間も前に終わったから、ちょっと時間つぶしにと思って寄ったんだ……帰りの飛行機は夕方だから」

「じゃあ、いっしょに食事でもしようか」

「その前に、オフィスの中を案内してくれよ。見たところ、なかなか立派じゃないか」

「ああ、いいよ」

コリーはアランのあとについて、彼のオフィスや、三人のアナリストの部屋、調査スタッフの部屋、それからコンピュータールームとまわったが、コリーンの姿はもうどこにもなかった。

「ところで、彼女はどこにいる？」コリーはアランのオフィスに戻ってから尋ねた。

「彼女って？」アランはなにくわぬ顔できいた。まるでひげに生クリームをつけているくせに知らん顔を決めこんでいる猫みたいな表情で。

「わかってるだろう」

アランはちょっとためらった。「コリーンかい？　知らないなあ……トイレかどっかじゃないか。それとも、ランチにでも出たのかもしれない」

「うまく逃げるなあ」

「今は昼休みだよ。外に食事ぐらい行くさ」

「なあ、アラン。僕は、彼女が結婚してないばかりか、デートの相手もいないって知ってるんだ。どうして君は、僕が彼女と話すのをじゃまするんだい？」

「コリーンは君のタイプじゃないだろう」

「ジュリーからも同じことをいわれたよ。だけど、僕の好みか好みじゃないかは、彼女に会わせてくれたら自分で決める」

「それが、そもそも危険なんだ」

「昔はそうだったかもしれないが、今はすっかりおとなしくなってるさ」

「じゃあ、彼女のどこが気にいったんだ？」

「ただちょっと興味を覚えただけさ」

「彼女の、どんなところに興味を覚えたんだ？」

「それが自分でもわからない。とにかくたった三分ぐらいしか彼女に会ってないんだからね。あのときの印象では、顔も、体つきも、なにもかもが十人並というところだったが、それだけじゃないような気がするんだ。なにかが隠されていると思う、彼女には」

あの褐色の目の奥にはなにかがある、とコリーは思ったが、それは口に出して言わなかった。「君もジュリーも彼女が好きなんだろう？　それはどうしてなんだ？」

「なんといっても頭の回転が速い。それに洞察力がある。ジュリーが彼女をかってるのには、落ち着いていて、子供の扱いがうまいということもある。それに、ジュリーは彼女を自分の分身のように思ってもいる。自分がはたせなかったキャリアウーマンの夢を彼女の中に見ているんだ」

「じゃあ、なぜ、この僕が彼女を好きになっちゃいけないんだい？」

「いけないわけじゃないが、それがコリーンにとっていいかどうかは疑問だな」アランは豊かな黒髪に指を突っこみながら、デスクを一まわりし、革製の豪華なエグゼクティブチェアに身を沈めた。「なんというか、彼女は特別な女性なんだよ、コリー。プライバシーは持ち出さないし、あらゆる面でひどく几帳面《きちょうめん》で礼儀正しい。静かな生活を望んでいて、ごくたまにするデートだってひどく慎重だ。休暇にはだれも行かないようなところに一人で出かけていき、名もないホテルでひっそりと過ごすのが好きなんだ。とにかく、傷つきやすい人だから、そっとしておいてあげたいと思ってるのさ」

「僕はなにも彼女を傷つけようとしているわけじゃない。ただちょっと話をしたいと思っただけだ」

「それから、どうするんだ？」とアラン。

「それから……もし、二人ともおたがいに興味がなければ、それでおしまいさ」とコリーが応じた。

「たぶん……彼女はバージンだと思う」

「ちょっと待てよ。考えすぎだよ、それは」とコリーがさえぎった。

アランは神妙な面持ちでコリーを見た。「いや、君に教えておいたほうがいいと思って。三十になってもまだ処女なら、それなりの理由があると思っておいたほうがいい」

アランの忠告を聞けば聞くほど、コリーの好奇心はつのってきた。バージンは僕の好みじゃないが、とにかく、話だけでもしてみたい。ただアランとこれ以上彼女の話をしてもむだのようだ……コリーはさりげなく話題を変えた。「忠告はありがたく受けとっておくよ。しかし、それにしても、すごいオフィスじゃないか。立派なもんだ」

「君がそう言うんだから、ほんとに立派だと思っていいのかもしれない。さて、そろそろ昼飯に行くかい?」とアランがきいた。

「いいね」

二時間ほどして、二人はふたたび社の受付に戻り、アランは再会を約束して自分のオフィスに消えていった。

あとに残ったコリーはアランのうしろ姿を見送っていたが、ふと思い出したように眉をひそめて、急いでズボンのポケットに手を突っこんだ。そして、次にブレザーの内ポケットをさぐると、一枚の紙片を取り出し、それを眺めてふたたびポケットにしまった。

「ちょっと忘れ物をした」とコリーは受付嬢に言い、足早にアランの消えたドアに入っていった。だが、アランのオフィスには行かず、反対の方向に折れて、目的の部屋の前に立った。

コリーンの部屋はこざっぱりとして、きちんと片づいていた。アランはこの部屋には案内してくれなかったが、一目でコリーンの部屋だとわかった。壁にかかった絵は少しのゆがみもなく、棚の本は大きさに合わせて整然と並んでいるし、ファイルもきちんとそろえて積み重ねられている。

コリーンはデスクで仕事に没頭していた。コンピューターのデータ用紙がデスクの上に散らばっている。コリーが小声でそっと呼びかけた。「やあ、コリーン、元気かい？」

彼女はちょっと焦点の定まらない目でこちらを見たが、すぐにわかったとみえて、落ち着いた声を出した。「ハロー、コリー。まだ、いらしたの？」

にっこりしてくれるのではないかと期待していたコリーは、その気配がないので、ちょっとがっかりした。「今、食事から戻ったところなんだ」

「どこで召しあがったの？」

「港の〈フィリップス〉」

「すてきだったでしょう、あそこは」と言ってコリーはおなかをたたいてみせた。「おかげで食べすぎてしまった」

「それはお気の毒さま」彼女はまだ笑顔を見せてくれなかったが、それでも目がきらきらと輝いてきた。

「実を言うと」コリーはちょっとそこでため息をついてみせる。「頭をすっきりさせるのにカフェインが欲しいんだけど、どう、このへんでコーヒーブレイクなんてのは?」

「ちょっと無理だわ」コリーンはデータ用紙に目を落とした。「仕事が遅れぎみだから」

「へええ、信じられないな」なにか突発的なトラブルでも起こったのでない限り、彼女の仕事が遅れるはずがない。

「コンピューターのせいかな?」

「いいえ、依頼人から急がされてるの」

「うるさい依頼人なんだなあ」

「依頼する人ってみんな同じよ」

「いつもそうなんですもの、もうなれっこになってるわ」

もし、アランから彼女に関する予備知識をまったく与えられていなかったら、にこりともしない目の前の女性にコリーは恐れをなしていたかもしれない。「いつもはスケジュールどおりに仕事を片づけるんだろう？」

「たいていはね。でも、依頼人のほうは自分の都合で頼んでくるから、スケジュールどおりに仕上がるなんて奇跡に近いわ」

「じゃあ、君は奇跡の人だね？」コリーはなんとか彼女を笑わせようとして冗談を言ってみたが、今度も失敗に終わった。彼女はこの前会ったときと同じように、ほんのわずかうなずいただけだった。威厳をとりつくろっているのか、ひかえめなのか、それともはにかんでいるのか？　コリーはますます彼女に興味をそそられた。

「人からそう見られるのはけっこうよ。それなら、だれも傷つかないでしょう？」

コリーは思わず笑い出した。「なかなかの外交官だね。それじゃあ、外交官さん、そろそろコーヒーなどいかがですか？」

コリーンはまっすぐ彼の目を見て、かぶりを振った。

「君も大変だ」

「じゃあ、ドーナツは？」

彼女はふたたび頭を横に振った。

「それじゃあ、フローズンヨーグルト？」

「あなた、おなかいっぱいのはずじゃなかった？」

「僕はそうだけど、君のことを思って言ってるんだよ」

「私？　やせすぎてると思ってらっしゃるんでしょう？」

「そうは思ってないさ」あわてて取り消したものの、自分の心を見すかされたみたいで、コリーは思わず頬を赤らめた。

「たしかに、私、やせすぎね」

「それはともかく、ちょっとコーヒーぐらい付き合ってくれてもいいだろう」

彼女はまた顔を横に振った。

「どうしてもだめなのかい？」

今度はわずかにうなずいてみせる。

「チョコレートサンデーでも？」

一瞬彼女は鼻にしわを寄せた。ただあまりに一瞬のことだったので、コリーが勝手にそう思っただけだったのかもしれない。

そこで、彼はこれが最後だとばかり、女心をぞくっとさせるような低音で、誘いこむように念を押した。「ほんとうにだめなんだね？」

彼女はもううなずきもせず、じっとコリーを見ていた目を、ゆっくりデータ用紙の方に落とした。これほどみごとに無視されたのはコリーにとって初めての経験だった。これ以上なにを言ってもむだだ、とさとったコリーはすごすごと彼女のオフィスをあとにした。

だが、その日の夕方、空港に到着するころになってコリーは、こう思い直していた――もしかしたら、僕の誘いがしつこすぎたのかもしれない。あるいは、彼女のプライドが人並はずれて強いのだろうか。とにかく、これまで僕の誘いを断った女性はいないのだから。

コリーは大急ぎで近くの公衆電話に駆け寄り、いったん受話器を取りあげたが、ちょっと考えて思いとどまった。電話をしてもまた〝ノー〟と言われるだけだろう。

そこで、コリーは足早に航空会社の予約カウンターに行き、輝くような笑顔を見せて、係の女性に頼みこんだ。「赤のボールペンをかしてもらえるかな。あ、それから、できたら封筒も……サンキュー、恩にきるよ」

彼は財布から一ドル札を取り出して、それに数行のメッセージを書きこんだ。そしてその札を封筒に入れ、住所を書いて、ギフトショップで買った切手を貼《は》って投函《とうかん》した。飛行機の離陸時間が迫っていた。コリーが搭乗するのを待っていたように飛行機のドアは閉められた。

翌日、コリーンはデルタ航空から手紙を受け取った。ていねいに封を切ってみると、なんと、中から一ドル札が出てきたではないか。その札には赤ペンで次のような走り書きがしてあった。

このクーポンで、ヘラディン製の特大キスチョコレートがもらえます。そちらのご用意ができましたら、当方にご一報願います。

コリーより

このメッセージを読んだコリーンは思わずため息をついて天を仰いだ。そしてびりびりと一ドル札を二つに破ったかと思うと、それを四枚に、さらに八枚、十六枚と破って、優雅なしぐさでくずかごに捨てようとしたが、ふとその手がとまった。なぜ思い切って捨ててしまわなかったのか、自分でもよくわからない。

コリーンのあのとび色の髪、がっしりとした体、それに見る者を引きこむような深いグリーンの目。私はこのタイプの男性にだけは決して近づくまいとしているのに、なぜ彼のほうで私を追いかけるのかしら。

コリーンはその理由がはっきりわからないまま、十六枚の紙片をそっとスカートのポケットの奥深くにしまいこんだ。

彼女はその夜も夕食を食べそこなった。特に電話をしない限り、祖母のエリザベスは十時きっかりに床に就くので、家にたどり着いたとき、眠っている祖母を起こしてしまわないように気遣ったのだ。

コリーンはそっと階段の上がりはなにブリーフケースを置き、玄関ホールの鏡の下に置いてある、古びて艶《つや》のでたかえで材の小さなテーブルに向かった。そこには今日届いた郵便物がのっている。彼女はその中から一通だけ引き抜くと、キッチンに行って冷蔵庫からオレンジジュースの瓶を取り出し、コップになみなみとついだ。そうして取り出した瓶を正確にもとの場所に戻し、近くの引き出しからナイフをさがして手紙の封を切った。片手にジュース、もう一方の手に手紙を持ってテーブルについた彼女は、静かに読みはじめた。

コリーンへ

お電話してから一週間もたっていないのに、どうしてもまたお手紙を書かずにいられなくなってしまって……ごめんなさい。

実は、今朝起きたらひどい頭痛なの。それもそのはず、ジェフリーの咳がひどくて眠れず、何度も寝返りを打っていたら、フランクにうるさいってどなられちゃったの。父親って自分の息子のことが気になるはずだと思うのに、フランクったら、さっさと背中を向けて、自分の世界に閉じこもっちゃうのよ。

そんな彼でも、世間では通用するらしいのね。立派に出世してくれたんだから、私は感謝すべきなんでしょうけど、それがかえって問題なのよ。だいいち、私は彼にとっていったいなんなのかしら。フランクは家にいるときでも書斎にこもったきりだし、なにかよくよくの目的がないとけっして外に出ようともしないの。いっしょに楽しんだことなんて、このところまったくといっていいくらいないのよ。

いっしょに楽しむ、ですって？　パパやママみたいなことを言って……コリーンは思わず身をふるわせて、悲しみを覚えながらゆっくりとページを繰った。

こんなこと言うなんてぜいたくだとはわかっているの。楽しむなんて薄っぺらなことよね。でも薄っぺらっていえば、うちの両親なんて、さしずめその典型じゃないかしら。私たちが一、二歳のころ、あの人たちはやっと二十歳《はたち》になったばかりで、お祖母様に私たちを押しつけて遊び歩いていたんですものね。それなのに、私ときたら、子供の世話と食料品の買い出しで毎日が過ぎていくなんて……。

とにかく私は退屈で仕方がないの。仕事を持っているあなたがうらやましいと思うときがあるくらい。勝手気ままに暮らしている両親がつくづくうらやましいわ。今の私はまるで、鳥かごに閉じこめられている鳥みたいで、息がつまりそう。

コリーンはここまで読んで、思わず電話に目をやったが、すぐに時計を見て、あきらめたようにふたたび手紙に目を落とした。

でも、心配して電話なんかしないでね。忙しいのはわかっているんだから。そのうちきっと私の気持もおさまるときがくるわ。

もう、ベッドに行って休んでちょうだい。きっと今夜もいつものように寸分違わない手順で寝る支度をするんでしょうね。思い出すとなつかしいわ。

コリーン、私のつまらない愚痴を聞いてくれてありがとう。いいお姉さんを持っていて、ほんとにありがたいわ。

最後に、〝愛をこめて、ロクサーン〟とあり、追伸として、〝お祖母様は他人の手紙を開封したりしないから安心だわ。もし、この手紙を読んだら、きっとご自分の責任だと思うでしょうね〟と書き添えてある。

コリーンは手紙を手にしたまま長い間座っていた。ふっと、祖母の責任じゃなくて、自分の責任かもしれないと思った彼女は、なんだか落ち着かない気持になった。ロクサーンはコリーンよりわずか一歳年下だったにすぎないが、幼いころからなにかにつけて、コリーンが姉として面倒をみてきた。フランクとの結婚のときも心から祝福したのはコリーンだったのだ。

三十歳に近づくとだれでも心がゆれるんだわ……私はなんの問題もなく三十歳を過ぎたけど。もっとも私は、十八歳のときすでに三十歳の気持だったのね……今までそれがあたりまえだと思ってきたけれど、ロクサーンと私は違うんだわ……。

コリーンはこの手紙がちょっとした愚痴にすぎないことを願いながら、便箋《びんせん》をたたんで封筒に戻した。とたんに、どっと疲れを感じ、急いでジュースを飲みほすと、コップをていねいに洗って片づけ、忍び足で寝室へと向かった。

2

コリーは自分でもどうしようもないほど頭が混乱していた。デスクの上には書類が山積していて、秘書から仕事がはかどらないと文句を言われるし、家に帰れば、家政婦から、こんなことなら辞めたい、と脅される始末だった。家政婦がそう言うのももっともな話なのだ。ケチャップは冷蔵庫に入れてあるし、戸棚の中でアイスクリームが溶けてコーンフレークスの箱がべたべたになっている……。文句を言われるたびに、「人生は短いんだ、そんなささいなことなんか気にしていられるか」と言い返すのだが、今していることが終わらないうちに、もう別のことを考えている調子だからなに一つとして片づかない。

ボルティモアへの出張から帰ってきてすぐに、コリーはもう次の出張の口実をさがしている。もう一度コリーン・フリモントに会って、食事に誘い、なんとしても彼女の笑顔が見たいと思った。さらに、その次の出張のときにはピクニックに連れ出し、思い切り笑わせよう……それから、三回目、四回目は頬を染めさせ、服にしわが寄る程度にとどめておいて、五回目ぐらいのデートでゆっくりと服を脱がせ、その下に息づく情熱をさぐってみたい……そんな夢想が次々とわいてくるのだった。

コリーは子供のころから空想癖が強かった。いつの日かビルのオーナーになる夢を抱いていて、大学のビジネス科を卒業すると同時に、そのとおりビルを手に入れた。その建物はフィラデルフィアの中心地にはなかったが、そんなことはたいして気にかからなかった。彼はそのビルを壊して、新しいビルに建て直し、買ったときの五倍の値で売り払った。

それから、その金を元手にして郊外に広大な土地を買い、そこにオフィスビル群を建設する予定でいる。その青写真もできあがらないというのに、彼の夢はさらにふくらんでいった。ビル群が完成すれば、近くにショッピングセンターを造り、ニーマン・マーカス百貨店を含む三十五の店舗を誘致する。それが実現すれば、今度はホテルの買収にも手を伸ばす……。

しかし、そうした自分の空想癖をいっぱいにはばたかせて、彼女について考えたのは今度が初めてだった。なにしろ彼女は、これまでに付き合ってきた女性とはかなり違っている。まず第一に、聡明《そうめい》な女性という印象が強く、しかも、非常に自己防衛本能が発達しているようだから、最初は彼女のペースでことを進めなければならないだろう、とコリーは考えていた。

そう思ったからこそ、三週間も自分のほうからはなんのコンタクトもとらず、空港から送ったメッセージを何度も読むチャンスを彼女に与えて、むこうから会いたくなるように、十分に時間をとったつもりだった。

火曜日の午後、コリーンのオフィスの電話が鳴った。仕事に没頭していた彼女はうわの空で受話器を取った。

「コリーン？　コリー・ヘラディンだけど」

とっさに電話の主が思い出せなくて、彼女は眉を寄せた。新しい調査プランを考えていたので、外線からの電話は予想していなかったのだ。相手がだれかに気がつくと、コリーンは思わず鉛筆をおいて姿勢を正した。

「ハロー、コリー。お元気？」

「元気だよ。君は？」

「おかげさまで」そう答えながら、ふと特製キスチョコレートのことを思い出したが、

「アランをおさがしでしたら、こちらにはいらっしゃいませんけれど。彼のオフィスのほうにお電話なさいましたか？」と応じた。

「アランじゃなくて、僕がさがしているのは君なんだ。ちょっと話を聞いてくれるかい？　今、ロチェスターでアトランタ行きの飛行機を待っているんだけど、乗り継ぎ地のボルティモアで二時間の待ち時間があるから、その間に食事でもいっしょにどうかな、と思って」

そういう話なら考えるまでもなかった。「ごめんなさい、せっかくだけど、ちょっと無理だわ」

「まだ、例の仕事が遅れてるのかい？」

「どの仕事のことか知りませんけれど、とにかくそういうお話でしたら、もうこの前でおわかりいただけたと思ってましたけど」

「もう一度、考え直してもらえないかな？」

コリーの口調はやさしく誠実だった。もし、コリーンが彼に一度も会ったことがなけ

れば、むしろ誘いを受け入れていたかもしれない。しかし、彼女はすでに彼に会っていて、このタイプの男は危険だと判断していたのだ。「私なんかとお会いくださっても、退屈なだけですわ」コリーンは迷惑そうに言った。

「退屈？　とんでもない！　胸がわくわくしてるんだ、いろんな話がしたくて」

だから、私は会いたくないの。別にお話しすることもないし……。「とにかく、私は忙しいんです」コリーンはそっけなく言った。

「いくら忙しくても、食事ぐらいはするんだろう？」

「そうじゃないの、コリー。ほかにやることがたくさんあるんです」

「あ、そう」コリーはため息をついた。「また家族との夜か……。ご主人と子供といっしょに夜を過ごしたいってわけかな」その口調には明らかにからかいが含まれていた。

「ええ、たまには早く帰らないと、文句を言われそうですから」

「それなら、仕方がない」コリーは精いっぱい皮肉をこめて応じた。本能的に今日はこのへんでいったん引きさがっておいたほうがいいと感じたのだ。「じゃあ、また次の機会にでも」

「暇があればね……」

「ほんとだな。じゃ、今日は二時間もボルティモアを一人でうろうろ歩きまわるしかない」

「スチュワーデスでもお誘いになれば?」

「僕はスチュワーデスには声をかけない主義だ。それに最近は半分ぐらいがスチュワードになってしまってね」

「当然そうあるべきだわ。男女平等なんですもの」

そのとき、搭乗時間を知らせるアナウンスがあった。「おっと、時間がきたようだ。すぐに行かないと。今度また遅れたら、彼女たち、もう待ってくれないからね」

「また?」

「かけこみの常習犯なんだ。もうスチュワーデスの間でも有名になってるよ」

「よく飛行機にお乗りになるの?」

「ああ、しょっちゅう乗ってる」

「いったい、どんなお仕事?」

「悪いが、もう行かないと今度こそだめだ。コリーン、またあとで話そう、いいね」

コリーンはなんとなくこのまま電話を切ってしまうのが惜しいような気がしてきた。

「じゃあ、お気をつけて」

「ありがとう。君も元気でね」受話器をかけて電話ボックスからとび出しながら、コリーはにやりと満足の笑みをもらした。実にいいタイミングだった。彼女には謎《なぞ》を残しておいて考えさせるに限る……涎《よだれ》をたらすほどではないにしても、かなりの好奇心はわいているだろう。そうなったらもうこっちのものだ……。

　コリーンのほうでは彼に好奇心など断じて持っていなかった。少なくとも自分をそう納得させようとしていた。ところが、コリーの顔がとんでもないときにひょっと頭に浮かんでくるのだ。たとえば、木曜日の夜、トム・オニールとお芝居を見たあと、車で家まで送ってもらっているときとか、日曜日、妹のところで、彼女の夫フランク・シルトンの紳士的な態度をほめそやしているときとか、火曜日の朝、アランとともに三時間も頑固なクライアントを相手に話し合いをしているときとかに、突如としてコリーを思い出してしまう。

　トム・オニールは会計士で、中肉中背の感じのいい友人だった。礼儀正しく、ひかえめで、趣味も話もよく合うが、おたがいに深い関係は望んでいない。月に二度ほどいっしょに食事を楽しんだり、映画に行ったりする程度の仲だった。

ほかにデートの相手としてはリチャード・ベイツがいる。ジョンズ・ホプキンス大学の経済学教授で、二度離婚したせいだろう、結婚はもう望んでいないが、今は知的な女性との意見交換に楽しみを見出している男性だ。その点でコリーンは彼の相手としてまさに打ってつけだった。

ほかにも数カ月に一度程度の交際相手もいるし、過去にも何人かの男性の友人がいたが、いずれも地味で常識的な人ばかりだったから、コリーンは彼らをほんのアクセサリーぐらいにしか思っていなかった。

ところが、コリーときたら、そんな彼女のスタイルを突き崩すようなパワーがあった。日がたつにつれて、彼に対するコリーンの関心はつのり、日常生活のあらゆるとき、頭のなかに彼がひょいと顔を出すようになってきた。

そんな五月のある金曜日、突然彼女のオフィスにコリーが姿を現した。この前に会ってから一カ月近くがたっていた。相変わらず、はっとするほど男っぽくてハンサムだ。しかも、今日は仕立てのいいブルーグレーのサマーツイードのスーツに、同系色のストライプタイと、一目でイタリア製とわかる上等の靴。それにびしっと整髪されたヘアスタイルで、この前よりもさらに濃く日焼けした顔がワイルドでセクシーだ。

　コリーンが彼に会うのはこれで三回目だったが、そのたびに違った印象を受ける。しかし、たった一つ、グリーンの目だけはいつも変わらなかった。思わず引きこまれそうなその目は、鋭く突き刺すようでもあり、やさしく誘惑しているようにも思われた。

「まだ仕事中のようだね」コリーはドア枠に高く手をついて、からかうように声をかけた。シャツの袖口《そでぐち》からのぞく薄い金時計が今日の装いにエレガントな雰囲気を添えている。

「ええ、そうなんですけど……」と言いながら、コリーンは手早く書類を片づけはじめた。「実は、ちょうど今から出るところでしたの」

「どこへ？」

「ミーティングです」コリーンはファイルを取り出して書類をはさみながら答えた。

「ここで？」

「ええ、コンピューターのプログラミング指導のミーティングがあるの」ほんとうはあとでもよかったのだが、この際なんでもいいから彼のそばを離れる必要があった。

「いっしょに行ってもいいかな？」

コリーンはファイルを胸に抱き締めて、ペン皿からきれいに削った鉛筆を二、三本取りあげた。「残念ですけれど……機密ですから」

「だれにも口外しないさ」

コリーンは彼の目にからかいの色を認めて、自分でもおかしくなってきたが、表面はとりすましてこうきいた。「なぜ、こんなことに興味がおありになるの?」

「君の仕事ぶりを見てみたいんだ」

「なぜ?」

「きびきびと手際よく仕事を進めそうだからさ。僕にも学ぶところがありそうだ」

「アナリストにでもなりたいと考えてらっしゃるんですか?」

コリーはわずかに唇をゆがめた。「いや、別に」

「それじゃあ、私から学ぶものはなんにもないんじゃないかしら」

「マネジメントのテクニックはどの世界でも同じはずだ。君がどういうふうに指導するか見られるなんて楽しみだな」

コリーンは改めてコリーを上から下まで眺めまわした。「あなたは管理職というより、実業家に見えますわ」

「そう言われればそうだが、実業家だって一種の管理職だからね」

「どんなお仕事をなさってるの？」

「開発事業を手がけている。ホテルなんかを建ててるんだ。雑用は他人にまかせっぱなしだから、管理者としてはあまりいばれないよ。ところで、僕もミーティングについていってもいいかい？」

「ホテルを建てるなんて、すてき――」

「ミーティングのほうはオーケーかな？」

「ホテルはいくつ建てる予定？」

「三つ。それでミーティングは？」

「ボルティモアにはもうあるの？」

コリーはため息をついた。「君はなぜ僕の質問に答えないんだ」

コリーンは非難めいた目でコリーを見た。「その件なら、私はもう二度もお答えしました」そう言って彼女はオフィスから廊下へ向かって歩き出した。

「怒らせてしまったかな？」

「ええ」

「どうして怒るんだい？」

「だって、あなたはまるで角砂糖にすり寄ってくる蟻《あり》みたいなんですもの。私は角砂糖なんかじゃないわ」

　コリーは思わず頭をかいた。「蟻か……そう言われたのは初めてだ。しかし、僕は角砂糖なんか欲しくない。欲しいのは君の時間なんだ。少しだけ僕に君の時間を分けてもらえないだろうか？」

「なんのために？」

「話をしたい。ただそれだけなんだ」

「しいっ！」コリーンはほかの人のじゃまにならないようにぐっと声を落とした。「これ以上嫌われたくなかったら、小さな声で話して」

　赤褐色の髪の人は衝動的だとよく言われるが、コリーにもたしかにそんな傾向がある。だが、ことコリーンに関する限り、コリーはその性格を極力抑えるようにしていた。しかし、もう我慢も限界だ。いきなりコリーンの腕をつかんで壁に押しつけると、彼女の頭の両わきに手をついた。そして彼女の耳に口をつけるようにしてこうささやいた。

「僕の願いをまったく無視するつもりなら、大声を出してもいいんだよ、コリーン。こんなこと言いたくないが、僕はどうしても君と話がしたいんだ」

コリーンは息を吸い込んでなにか言おうとしたが、思いとどまった。

コリーはそれを見て押し殺したような声で続けた。「今、なにか言おうとしたな。その知的な唇から反発の言葉をはこうとしたんだね？　ちゃんとわかってるさ、僕には。さあ、どうする？　ここで大声を出してもらいたいか、それとも、ミーティングのあとでゆっくり僕と話をするか、どっちを選ぶんだ」

「どうせ私が断ってもミーティングに出るおつもりじゃなかったの？」コリーンは弱々しい声にわずかな皮肉をこめて言ったものの、かすかに伝わってくる彼の肌のぬくもりと、そこはかとない清潔な香りに、頭がしびれたようになっていた。

「あれは嘘《うそ》だった」コリーはすまして言った。

「じゃあ、おあいこだわ。私もミーティングなんかなかったのよ」コリーンはすばやく彼の腕をすり抜けようとしたが、コリーはさっと腕を下げて、ますます壁に押しつけてくる。

「じゃあ、僕と話をする時間をつくってくれるね？」

コリーンは壁に押しつけられた頭を左右に振った。「今すぐというのは嘘だけど、あとでミーティングがあるのはほんとうなの。その前にデータ分析をしておかないと、ミーティングの意味がなくなってしまうわ」

「じゃあ、そのあとでいいよ、僕たちが話をするのは」

「だめ。ミーティングは長くかかるし、今夜の食事はもう先約がありますから」

「主人と子供たちといっしょだとは言わせないぞ。それが嘘だということぐらいとっくにわかってるんだ」

「わかったわ。でも、祖母と約束しているの」

コリーは彼女の耳に唇をつけた。スカートの色に合わせた黒の円いイヤリングのエナメルが冷たく感じられる。

「それも嘘だろう」

「嘘じゃないわ」

感覚が麻痺《まひ》したようになったコリーンは思わず頭を彼の方に近づけたが、その瞬間、おたがいの頬と頬とが触れ合った。そのとたん、コリーンの体をショックが駆け抜け、彼女ははっと息をのんだ。

「祖母と外で食事をする約束になっているのはほんとうよ」

「じゃあ、その前に僕と一杯付き合ってから、食事に行けばいい」

「いいえ。祖母はきっかり六時に食事をする習慣だから……ねえ、お願い、コリー、もう放して。だれかに見られたら……」

「なぜ、六時でなくちゃだめなんだ？」

「六時に食べたいだけよ。ねえ、お願い……」

「じゃあ、僕もいっしょに連れていってくれないか」

「だめよ。祖母がびっくりするわ」

「君のお祖母《ばあ》さんにぜひお会いしたい」

「でも、とても堅苦しい人だから……」

「君だって似たようなものさ。でも僕にはそこがまたいいんだ。チャレンジのしがいがあると思ってね」

「まあ、あなたは私にチャレンジしてるわけ？」

「そう」

「じゃあ、もし、私がオーケーを出せば、それであなたは満足して帰ってくださる？」

「それは、君と話し合ってから決めるよ」

「そんなのずるいわ」コリーンはなんとか自由になりたくて両手で彼を押しのけようとした。しかし、コリーの体は壁のようにびくともしない。「お願い、放して……」

「ううん……今の感触がなんともいえなくいい……」彼はますます低く甘い声でささやいた。「じゃあ、僕と話をしてくれるかい？」

「わかったわ」

「いつ？」

「いつなんて……わからない……」

「さあ、答えるんだ。いつ？」

「……明日……」

「明日のいつ？」

「……十時にエアロビクスの教室があるから……じゃあ、十一時にコーヒーをごいっしょするぐらいなら……でも十二時には家に帰らなくてはならないんですからね」

「どうしてなんだ？」

「お掃除しなければならないの。そのあとは一時からベビーシッターを頼まれているわ」

「ベビーシッター?」

「しいっ!　お願いだから大きな声を出さないで」

コリーは素直に声を落としたが、はっきりした答えがもらえるまでは彼女を放さないつもりらしい。「じゃあ、掃除とベビーシッターの件については明日きこう。で、十一時にどこで会おうか?」

コリーンはエアロビクス教室の近くにある小さなコーヒーショップを小声で教えた。

「エアロビクスの教室はどこにあるんだ?　君は信用できないからね」

コリーンは乾いた笑い声をあげた。「警察犬みたいに私をつけまわすつもり?」

「なんでもいい、教室はどこなんだ?」

歯をくいしばって答えようとしないコリーンに、業をにやしたコリーは彼女のウエストをぐっと押さえつけた。

彼女は仕方なく、教室として使っている教会の名前と住所をすばやく教えた。

「サンキュー」コリーはやっと体を放して一歩退くと、にっこり笑ってみせた。「こういうのも、たまには悪くないだろう」

「ひどい人ね、あなたって」コリーンは不信感をこめて彼を見た。

「自分の思いどおりにことを運ぶためには、少しばかり手荒になる場合もある。最初から君が僕の要求に応じてくれていれば、こんなやり方をとらなくてもよかったんだ。よく覚えておいてくれ、コリーン。じゃあ明日、教会で会おう」そう言うとコリーは、彼女が言い返す言葉をさがしているうちに、さっさと玄関に向かって歩き出した。

取り残されたコリーンは、緊張した手足をリラックスさせ、服装を整えてから、何事もなかったかのように顎を心持ち上げてオフィスに戻った。

しかし、あんなこぜりあいを演じたあとで、何事もなかったようにふるまえるだろうか……まるで他人事のような顔をしているけど、それで自分の気持がおさまるの？

だって彼はそれほどひどいことをしたわけでもなかったわ。ああするしか方法がなかったんですもの……。

いいえ、私がただ正直にノーと言いつづけていれば、結局、彼はあきらめたんじゃないかしら。

でも、やっぱり彼は無理やり自分の思いどおりにことを運ぼうとしたんだわ。

たしかに彼は強引だった。コリーン、ああいう人は好きじゃないはずでしょう？

でも、私、体がふるえてきて、自分をコントロールできなくなっていたの……。

そこまで考えたコリーンは、彼の強引さにすっかり冷静さを失っていた自分を知って愕然《がくぜん》となった。

翌朝、エアロビクスの教室から出てきたコリーンは、まるで新兵訓練キャンプから追い出された落伍兵《らくごへい》みたいだった。髪は汗でべったりと首のまわりにまとわりついているし、メイクはすっかりはげ落ちて三十歳の素顔をさらしている。そのうえ、山吹き色のスウェットスーツも、何度も洗ったせいで、色あせてよれよれになっている。彼女自身も汗くさくて、およそいつもの彼女からは考えられないほど、魅力に欠けた姿をしていた。

コリーンはわざとこういう格好を選んだのだったが、どうしたことか、コリーの反応はまったく予想とは違っていた。彼は一瞬目をまるくして、「信じられない！」と口にしてから、すぐにやりと笑って、「格好いいじゃないか！」と言ったのだ。

コリーンは自分の耳を疑った。でも、考えてみれば、初めて彼に会ったとき、コリーの服装は今の私とたいして変わりなかったのだ。きっと、こういう格好が好きなんだわ……コリーンはせっかくの作戦が失敗に終わってがっかりした。

コリーから見れば、今日のコリーンはむしろ新鮮だった。いかにも若々しく、健康そのもので、ほんのりと上気した頬は初々しく、乱れた髪はかえってセクシーだ。スウェットスーツはたしかによれよれだが、その下のレオタード姿が目に浮かんでくるようだ。

「レッスンはどうだった？」コリーは彼女の腕に手をからめながら尋ねた。

コリーンはすぐにその手をはねのけた。「触らないで！　汗びっしょりでひどいんだから」

「ひどくないさ。それより楽しかったかい？」

「ええ、レッスンはいつも楽しいわ」

「毎週土曜日にレッスンがあるの？」

「ええ」

「怒ってるみたいだな、僕のこと」

「ええ」そう答えたものの、コリーンは自分に腹をたてていたのだ。こんなことなら、もっとちゃんとしたスウェットスーツを着てくればよかった……今の私はただひどい格好をしているだけ……それなのにコリーときたら、ジーンズにポロシャツ姿がきまっていて実に格好いい。そんな彼のそばで、自分がひどい格好をしているなんてひがんでいるのがもっといやだった。「ほんとはもうワンレッスンこなすべきなのよ。完全にリラックスするには一回ぐらいじゃたりないから」

「へええ、エアロビクスはリラックスするためにやるのかい?」コリーがあたりを見まわすと、コリーンよりずっと太めの女性がレッスンを終えて三々五々散っていく。コリーンの体つきから見て、彼女がやせるためにエアロビクスをやっているわけではないのはすぐにわかった。

「ええ」

「コーヒーを飲む前に少し歩こうか」コリーはそう言うと、先に立ってさっさと足早に歩きはじめた。

彼はものも言わずどんどん歩いていく。

コリーンは必死でそのあとを追ったが、しだいに息がきれてきた。そんな彼女の姿を見て、コリーはペースをゆるめ、ゆったりと肩を並べてくる。

コーヒーショップに着くころにはコリーンも覚悟を決め、どうせこの格好は今さらどうにもならないのだから、せめて背筋を伸ばし、顎を引いて、姿勢だけでも美しくしていようと思った。

コリーは笑みを浮かべて彼女に椅子をすすめた。「で、リラックスできたかい？」

「ええ」彼女はしぶしぶ正直に答えた。

「それはよかった」コリーはメニューを見ながら、「おすすめ品はなにかな？」ときく。

「ここのコーヒーは最高よ」

「もっと腹にたまるものがいいな」

「ホームメイドのマフィンがあるわ」

「蛋白質《たんぱくしつ》がたっぷり含まれた食べ物はないかな」

「あら、健康食に気をつけてるの？」

「いや、ただ腹が減ってるだけだよ」

「そうねえ。じゃあ、私がオーダーしていい？」コリーンはウエイトレスに手を上げた。

「オレンジジュースを大きなグラスで二つ。氷も入れてね。それから、チーズオムレツのベーコン添えに、ベーグルを二個……クリームチーズはフレッシュタイプかしら？」

ウエイトレスがうなずいたのを見て、彼女はさらに続ける。「じゃあ、ベーグルにクリームチーズをつけてください。それに、カフェイン抜きのコーヒーを二つ」

「マフィンはどうかな？」コリーがウエイトレスに尋ねた。

「焼きたてのがありますけど」

「じゃあ、それを二個もらおう」

ウエイトレスが立ち去ると、コリーンはじっと彼の顔を見た。「全部食べるつもりなの？」

「君がオーダーした品に、たかだかマフィンが二つ増えただけじゃないか」

「ここのマフィンはふつうの三倍ぐらいあるのよ。それに、私のほうはさっき五百カロリーくらい消耗してるけれど、あなたにはなにかそれだけ食べる口実があって？」

「ここに来る前に長い散歩をしたし、君ともいっしょに歩いただろう。それに僕は君より体が大きいんだからね」

たしかに大きいわ……コリーンは心の中でため息をつきながら、椅子の背に寄りかかって、彼が話を続けるのを待った。

「なかなかいいところだね」コリーが店内を見まわして言う。「ここへはよく来るのかい？」

「ときどきね、レッスンの帰りに仲間といっしょに。みんな、たいていマフィンを注文するわ」それを聞いてコリーはくっくっと笑ったが、コリーンはにこりともしなかった。

「そうだろうね、彼女たちの体つきを見てたらわかるよ……」

コリーンはただうなずいただけだった。

「君はほんとにベビーシッターをしているの？」

「ええ」

「定期的に？」

「いいえ、頼まれたときだけ。でも私は子供が好きだから、自分のためにやってるようなものよ。今日は小さな子供が三人もいる友人のために引き受けたの」

「じゃあ、無料で引き受けるのかい？」

「そうよ」

「それじゃ、まったくの奉仕じゃないか」

「すてきな友人だし、それに子供たちってかわいいのよ」

「そんなにかわいいのなら、自分の子供を産めばいいのに」

「だって、夫がいないわ」

「なぜ、いないんだ？」

「欲しくないからよ」

「ほう、じゃ、仕事が生きがいなのかい？」

「それもあるけれど、ほかにも楽しみはあるわ」

「たとえば？」

「いい友達、エアロビクス、それに……」コリーンはこちらにやってくるウエイトレスの方を見た。「チーズオムレツもね」

コリーは不意に追いつめられた気持になった。予想以上のコリーンのガードの堅さにこれから先が思いやられたのだ。

黙ってオムレツを口に運びながら、コリーはこれから彼女にどう対したものかと考えていた。なんとか彼女を引きつけようといろいろ話しかけてみるが、なかなか思うようにはのってこない……こうして強引にことを進めたところで、わずか一時間ほどしか会う時間は与えられていないのだ。とにかく彼女は僕を警戒している。だから、まずその警戒心を取り除いて、彼女も気がつかないうちに、いつのまにか自分の方を向いているように仕向けなければならない……。

コリーは大きなマフィンを一口大に切りながら言った。「こんなふうにゆっくり朝食をとるなんて、めったにないんだ。いつもあわてて出かけるものだから」

コリーンは悠然とオムレツを口に運んでいたが、コリーの話に耳を傾けているのはたしかなようだ。

「僕の家はサウスカロライナの……」とコリーが続けた。「ヒルトン・ヘッドなんだけど、行ったことあるかい？」

コリーンはかぶりを振った。

「すごくきれいなところでね、とくにプランテーションの眺めはすばらしい。広々とした燕麦《えんばく》の畑、それに椰子《やし》の木や、苔《こけ》むした樫《かし》の老木……」

大好きな場所の話にコリーの目が輝き出した。

「我が家はそんなプランテーションの中にあるんだ。南部の広大な綿花畑と違って、二十年前に建設されたコミュニティでね。シー・パインズという島の先端に我が家はあって、そこまで行く小道は緑のトンネルになっている——たまらなく情緒があるんだ」

コリーは遠くを見る目になり、唇にかすかなほほえみを浮かべた。

「夕暮れ近くになると、そのトンネルを夕日が通り抜け、なにもかもがきらきらと輝き出す……」

「だけど、まぶしくてなにも見えないんじゃない？」コリーンが口をはさんだ。「夕日の中をドライブするのは大変だと思うわ」

「しかし、逆光のときは、まるで光線に導かれているようで、宇宙のどこかにまぎれこんだみたいな気分になるんだよ。太陽に乗ってドライブし、木々の緑は道案内役……まさに、水平線上に天国が出現するようなものさ」コリーの描写はいきいきとして、目の前にその光景が浮かんでくるようだった。

「でも、そのトンネルから抜け出たときはがっかりでしょうね」

「まあね」彼はマフィンを口に入れ、ゆっくりと味わってからのみこんだ。「ところが、我が家に一歩踏みこむと実にほっとする。静かで、涼しくて、窓からは緑の木陰が美しい。しかも島の先端だから、車も人も通らない。テラスに出て、目を閉じ、木の葉のそよぎに耳を傾けていると、まさに天国そのものだ」

「あなたは現実のこの世界に不満があるのかしら？」コリーンはやや辛辣《しんらつ》な口調で言った。彼女は彼の答えが聞きたかったわけではなく、自分のいるこの世を弁護したかっただけなのだ。

「別に不満じゃない。僕はこの現実が好きだよ。でも、空想するのは楽しいことじゃないか」コリーはちょっと抗議するように応じた。「だけど、もしかしたら、ＳＦの読みすぎかもしれないな」

　コリーンはSFを読んだことがなかった。読むのはいつもノンフィクションだ。中でもとくに歴史物が好きで、読むたびに、文明が繰り返し同じ過ちを犯していることに驚かされる。その教訓から、彼女自身はこの世に生きている限り、同じ過ちを犯すまいと自分に言い聞かせていた。

「とにかく」コリーはため息まじりに言葉を続けた。「現実の世界はあわただしすぎる。だから、こうしてゆったりした時間を持つことは心の糧になるのさ」

「でも、細かい仕事は全部人にまかせているんでしょう？　それなら、そんなにあわただしいわけでもないんじゃないかしら？」

「細かい実務は社員にまかせるが、決裁しなければならないことは山ほどある」

「いったんホテルを買収して経営が順調にスタートしたら、あとはどんな仕事があるの？」コリーンは自分が興味を持っていると思われたくなかったので、つとめてそっけなくきいた。

「まず、いろんなトラブルが起こったときを想定して、対処の仕方を確立しておく必要がある。それから、修理や改装の問題、命令系統の責任など、数えあげればきりがない。

高い宿泊料金を払ってお泊まりいただくお客様だから、それに見合ったサービスを提供しないとね」

コリーはウエイトレスに合図して、からになった自分のコーヒーカップを指さした。

「君ももう一杯どうだい？」

コリーンはちらりと時計を見た。十二時までにはあと十五分ほどある。「じゃあ、いただこうかしら」彼女は軽く肩をすくめた。

「心配ないさ」コリーは頬のあたりにいたずらっぽい笑みを浮かべた。「ちゃんと時間どおりに帰してあげるよ。僕は一人でいると時間にルーズだけど、他人といっしょにいるときはきちんと時間を守る主義だからね。ただ僕は人間が好きだから、だれかと会っていたりすると、つい遅くなってしまうこともよくあるけど」

「お仕事柄、いつも人と会ってるんでしょう？」

「そう、だからこの仕事が好きなんだ。コンピューター・プログラマーや画家や作家なんて、僕にはとても我慢できない職種さ」

「わかるような気がするわ」

コリーはちょっと眉を寄せた。「僕の言っている意味が、ほんとうにわかっているのかな?」

「わかっているわよ。だからこそあなたの言ったことに素直に返事してるんじゃない」

「だけど、僕の言っている意味は、直接人間どうしで刺激し合わない仕事は退屈だってことだよ」

「精神分析医に言わせると、そういう人は自分に不満がある証拠なんですって」

コリーは両手をテーブルに置いたまま椅子の背に寄りかかった。「僕がそんなふうに見えるかい?」

コリーンには、彼がひどく独善的で尊大な人物に見えた。「私は精神分析医じゃないわ」

「じゃあ、君はどう思う?」

「エゴが強いと、さまざまな欠点を隠せるのね」

「僕はエゴが強いわけではないさ……。いいかい、僕をそんなふうに見ないでくれないか。エゴは持っているだろうが、決して強くはない。自分の腕一本で今の地位を築いたことに誇りを持っているんだ。僕は銀のスプーンをくわえて生まれてきた金持の息子じゃないからね。子供たちはそうなるだろうが……」

「あら、子供を持つおつもり？」

「いけないかい？」

コリーンはあわてて首を振った。「そういうチャンスはこれまでにたくさんあったでしょうに……」

「いや、用心深いんだ、僕は。だから女性を傷つけたくはなかった」

そう言ってから、コリーは失敗したと思った。なんとかとりつくろわなければ。しかし、なにも悪いことをしゃべったわけじゃないんだから、どうせそこまで口にしたのなら洗いざらい言ってしまったほうがいいかもしれない。

「この十四年間、僕は懸命に働いてきた。それと同時に遊びもした。たしかにおおぜいの女性と付き合ってもきたが、どんなときも誠実に接してきたつもりだ。できないことは決して約束しなかった。しかし、いつか……」コリーは一瞬眉を寄せて言いよどんだ。「いつか、理想の女性が現れれば、僕は子供をつくってもいいと考えてきた」

真剣に誠実さを見せようとするコリーに、コリーンはいささか当惑した。軽い気持でお茶に付き合っているだけだというのに……。

「それはずいぶん立派な態度だわ」コリーンは茶化すように言った。「きっとその女性はお幸せでしょうね」

コリーはじっとコリーンの目を見つめると、とがめるような口調になった。「いったい、僕のどこが気にいらないんだ。僕に対する君の誤解を解こうとして懸命になっているのに、君はなにを言っても耳をかそうとしない。なにがそんなに気にいらないのか言ってくれないか?」

「別に……」コリーンは嘘をついた。「あなたは立派よ」

コリーはうつむいて首を振りながら、「〝立派〟か……」とつぶやいたかと思うと、今度はまっすぐ目を上げて言った。「じゃあ、今夜、その立派な男と食事ぐらいできるだろう?」

「いえ、できないわ」

「ああ、やることがあるんだったっけ。まったく気のきかない男だな、僕は」コリーはあからさまに皮肉をこめて言い返した。なるべく紳士的に話をするつもりだったが、つい我慢ができなくなってきたのだ。

しかし、コリーンはまったく動じる気配もなく悠然としていた。「あなたは他人が違った考え方や行動をするなんて思ってもみないんでしょう。だからノーと言われるのに我慢がならないんだわ」

「つまり、今夜はノーなんだね？」

「ええ」

「ぜったい？」

「ぜったいに」

「じゃあ、どうにも仕方がないというわけか」

「そのようね」

コリーは食べ残したマフィンをわきに押しやって、「出ようか」と言うなり、財布を取り出して、伝票の金額よりかなり多めの額をテーブルに置いてから、コリーンを促すように外に出た。「君の車はどこ？」

コリーンが指さすと、彼はちょっと彼女の肘に手をあてたが、思い直したように黙って歩き出した。

自分で車のドアを開けながら、コリーンは振り向いて申し訳なさそうに言った。「ごめんなさい、コリー。私は自分がコントロールできる人生を望んでいるの。しっかりと大地に足をつけて生活をしたいから、自分の意思でどうにもならないことはなるべく避けたいの」コリーンはそこでちょっと言葉を切ってため息をついた。「あなたはとても私の意思でコントロールできそうにないのよ」

　コリーはいらだちを見せないように抑えた調子で尋ねた。「僕と付き合ってもいないのに、なぜ、そう決めつけるんだい？」

「私にはわかってるの」

「僕は別に君をだましてどうこうしようというんじゃないんだ」

「それもわかってるわ」

「じゃあ、チャンスぐらいくれてもいいだろう？」

「なぜ、チャンスなんか欲しいの？」今度はコリーンがいらだってくる。「私はこれといって魅力があるわけでもないし、華やかでも、いっしょにいて楽しい女でもないわ。こんな私をおもちゃにしなくてもいいでしょう」

「おもちゃにしているわけじゃない」コリーは静かに言った。

「じゃ、どうしようっていうの？」

「僕はただ……ああ、そんなことはどうでもいい」コリーは口をつぐんだまま、運転席の方を手で示し、彼女が座ると、ドアを閉めた。

そのまま車を発進させるかと思っていたら、コリーンは驚いたことに窓を開けて礼を言った。「お食事、おいしかったわ。どうもありがとう」

「あのくらいならいつでも。それじゃあ、気をつけて」

「これから、どこかへいらっしゃるんなら、お送りしましょうか？」

「いや、僕はレンタカーがあるから大丈夫だ」

それでもコリーンはなお躊躇《ちゅうちょ》しているふうだったが、やがて思い切ったように軽く挨拶《あいさつ》すると、車をスタートさせた。

あとに残されたコリーンの耳にコリーンの言葉がこだましている。〝なぜ、チャンスなんか欲しいの？〟と彼女は言った……ほんとうに、なぜ、僕は彼女と付き合いたいんだろう？

たしかに彼女は、ある面で女性的魅力には欠けているが、それ以外のなにかを持っている……あの性格には人を惹《ひ》きつけるなにかがあるんだ……別れる前にさりげなく自分の気持を説明するところなど心憎いじゃないか。さんざん僕を傷つけておいて、ぽろっとやさしく繊細なところを見せるなんて……。あれで僕の彼女に対する気持はますますかきたてられた。

しかも彼女にはどこかもろさが感じられる。そこがひどく男の保護本能をくすぐりもするのだ。とにかくこういうキャラクターを持った女性には初めて会った。これからどうなるかわからないが、コリーンが当面どう出てこようと、僕は決して彼女をあきらめはしないぞ！

3

一週間後、コリーはふたたびボルティモアにやってきた。今回は前もってアランに電話でアポイントメントをとってあった。友人としてではなく、ビジネス上の調査を依頼したかったからだ。

「ビジネス?」アランはびっくりしたようにきいた。

「ああ、ビジネスなんだ、今日は」コリーは改まった口調で話し出した。「実は、ヒルトン・ヘッド島開発グループの代表として、おたくに調査を依頼したい。僕はあの島にホテルを一つ持っている。現在コンドミニアム数棟を建設する計画が進行中なんだ」彼は熱っぽく話を続ける。「そこで、島にやってくる人を対象に、彼らがなにを望んでいるか、なぜ島を訪れたか、滞在日数はどうか、などを調査してほしい。この調査は地元の同業者の賛同も得ている」

アランは唇をすぼめた。「どうして、また急に？」

「もうすぐ夏のシーズンが到来する。この島には多くの人が来たいと思っているはずだ。ヨーロッパはテロ多発で危険だから、みんな、安全なところをさがしているんだよ。旅行者の希望する施設を提供すれば、島は立派なビジネスになるはずだ」

「しかし、また急な話だなあ」アランはとがめるように言った。

コリーは肩をすくめた。「今まで思いつかなかっただけさ」

「それがなぜ急に？」思慮深いアランの目に不審の色が混じっている。

彼が洞察力の鋭い男だということを十分承知しているコリーは、地元の支持を受けている点も含めて、なにもかも話しておいたほうが得策だと考えた。

「実はコリーンに出会ったからだ」そう言ってコリーはまっすぐアランの目を見た。

「ぜひ彼女に調査を依頼したい」

アランは一瞬目を閉じてうつむくと、頭を振った。「ああ、また君の悪い癖だ。目をつけたものはぜったいにあきらめない」

「そのとおり」

アランはきっぱりと決心したように頭を上げ、まっすぐにコリーの目を見た。「その調査は僕が引き受けよう。まだ僕も現役のアナリストだからね」

「しかし、僕はコリーンに依頼したいんだ」

「なぜだ？」

「なぜって、彼女は有能だからさ」

「仕事の能力にかけては、僕だって同じだ」

「しかし、君はコリーンじゃない」

「こんな調査依頼をでっちあげたのはコリーンのせいかい？」

「きっかけにはなったかもしれないが、この調査自体、やってみる価値があると思ったからさ」

「価値があることは前から承知している。君からお金をとるようなことはしたくなかったから、あえて言わなかったが……」

「ただ、君と僕は仕事上のパートナーとしていかにも親しすぎるという声があるのも事実だ。そこへいくと、コリーンとはそれほど親しいわけではない」

「じゃあ、ずばりきくが、君たちはどの程度親しいんだ？」アランは声を低くして、半分責めるように、半分からかうように言った。「まず、僕の家でほんの数分会ったあと、先週、君はここに来たらしいな。君の口からは聞かなかったが」

「僕はしょっちゅうあちこちに行くから、こっちに来たときは挨拶《あいさつ》ぐらいするさ」

「しかし、僕にはなかったぞ」

「忙しい人のじゃまはしたくない」

「じゃあ、コリーンは忙しくなかったのか?」アランはそう言うと、椅子の背に寄りかかって胸の前で指を組み合わせた。「さあ言えよ、彼女となにがあったのか」

「なにもありはしないさ」

「そうだろうな。彼女はそういう女性じゃない」

コリーは彼女とコーヒーショップに入ったことは話さなかった。どうやらアランは全然知らないらしい。ということは、コリーンもこの間の一件を彼に話していないらしい。彼女は、僕との件についてアランに救いを求めるつもりはないのだろう。

「コリーンは骨の髄までビジネスウーマンだ。その点も彼女に調査を依頼したい理由の一つといえる」

「じゃあ、それ以外の理由は?」

「彼女ならヒルトン・ヘッドの連中に顔がきくはずだ。しかも、必要とあれば調査の期間中、ずっとヒルトン・ヘッドに滞在もできる。君は忙しいから、そういうわけにはいかないだろう」

「それはそうだ」アランはしぶしぶ認めた。「しかし、彼女はうちの重要なスタッフの一人だから、夏の間中、オフィスをあけられるとなると……」

「彼女がすっかりオフィスを忘れられるタイプの人間だと思うかい？」今度はコリーが反論した。「そんな人じゃないよ、彼女は。僕はここで二週間、ヒルトン・ヘッドで二週間と考えているんだが」

「しかしなあ……」アランは疑わしげな目つきをして言いよどんだ。「なにか、僕に隠しているもくろみがあるんだろう」

「隠しているもくろみだって？」

「ほら、そのしらばっくれた調子がそもそもあやしい」

「なにが言いたいんだよ。君だって言ったじゃないか、彼女は僕のタイプじゃないって」

「だけど君は、もっと彼女について知りたいんだろう？」

「いったい、なにが問題だって言うんだい？　僕はただ彼女が有能だし、時間も取れそうだから、この調査を依頼したいと頼んでるだけなんだよ」

「時間が取れるなんてだれが言った？　彼女は今、ほかのプロジェクトをいっぱいかかえこんでいて忙しいんだ」

「時間が取れそうだと言ったのは訂正するよ。じゃあ、家庭を持っていないからと言い変えたほうがいいかな？　それはともかく、もし、ほかからこういう調査を頼まれたら、君はまずコリーンにやらせるだろうと思うがね。そうじゃないかい？」

「いや、まずアナリストたちのスケジュールをチェックしてみるさ」

「アラン、そうはいっても、アナリストは君以外に三人しかいないんだろう。コリーンがそんなに重要なスタッフだということは彼女の能力が優れているからに違いない。僕は優秀な人間に仕事を依頼したいんだ。なぜコリーンじゃだめなんだ？」

「君を信用していないからさ」

「なぜ、信用できないんだ？」

アランは当惑ぎみに天を仰ぎ、それから視線をデスクの隅に飾ってある写真に落とした。それには妻のジュリーと子供たちが写っている。「君は僕たちの過去を忘れたのか？　女性に関してはたがいにしのぎを削ってきた。そのエネルギーが今も二人の中に燃えていると思うからだよ」

「君はコリーンを僕から護《まも》ろうとしてるんだ。その気持はわからなくもないが、七年前に比べたら、僕だって大人になったと思う。コリーンのような女性を傷つけたりするもんか。いったい、どう言えば君を説得できるんだ！」

「この調査は他社に頼むんだな」アランはからかうように言った。

「それはできない」コリーは真剣な表情になった。

アランはその表情の中にちらっと気弱さが漂うのを見逃さなかった。その心理はちょうど、ジュリーに初めて会ったとき、自分が感じたものと似ているのだろう。もしかしたら、コリーンと彼は案外うまくいくのかもしれない……。

そう思うとアランはうれしくなった。妹のようにかわいがっている自分の部下と親友が親しい関係になるのは悪くないではないか……。

「よし、わかった」アランはもったいぶって言った。「引き受けよう」

「ほんとか？」

「ああ」

「で、当然コリーンが調査を担当するんだろうな？」

「その点は、まず彼女にきいてみる必要がある。できるとなれば、あとは君の考えに従って使ってくれ」

コリーは一瞬ぽかんとして、次に疑わしげな目つきになった。「どうしたんだ、急に？」

アランはにやりとした。「もしかしたら、コリーンは僕が思っているほど保護の必要はないのかもしれないと思い直してね」

「それはどういう意味だ？」

「彼女はなかなか殻の堅い果実だが、最後にそれを割るのは君がふさわしいかもしれないという気がしてきたからさ」

「おい、僕はただ仕事を頼んでいるだけだぜ」

「そうだったな。じゃあ、さっそく彼女にきいてみよう」アランが電話に伸ばした手を、コリーはあわてて制した。

「ちょっと待て。直接話をしたほうがいいんじゃないか」

いつになく神経質になっているコリーに、アランは内心驚いた。「なぜだい？　いずれにしても二人いっしょに仕事を……」

「いや、もしかしたら彼女……考える時間が欲しいと言うかもしれないし……」

「つまり、断る可能性もあるって思っているのか？」

「もちろん、そうは思わないが……」コリーは心の中で恐れていた。「彼女だって、都合ってものもあるだろうから、そのあたりのところを君からきいたほうがいい」

「しかし、君みたいな男と仕事をするチャンスを断る女性がいるのかい？」

「まあな」コリーは不意に喉がつまった感じがして、思わず鶴のように首を伸ばした。

「最後に一つきいておきたいんだが」とアランが言った。「もし、僕がこの調査を断っていたら、君は他社に依頼したかい？」

コリーはちょっと考えてから、「いや、コリーンがだめなら中止したと思う」と答えた。


その日の午後、アランから調査の話を聞かされたコリーンはすぐに断ろうと思ったが、慎重に言葉を選びながら、その場は検討してみると答えた。

「調査の目的はおもしろそうですわね」とコリーンはいちおう認めた。「おそらく有益な情報が得られると思いますが、前にヒルトン・ヘッドに関してこの種の調査をしたことはありませんでしたか？」

「僕の記憶ではないな」

「例のお友達のほかに、どなたが関係しているんです？」コリーンはビジネスライクな言葉づかいできいた。コリーとお茶を飲んだことをアランは知らないかもしれないし、もし、知っていたとしても、今度の調査に個人的な感情がからんでいるとは思われたくなかった。

「コリーのほかにだれかがかんでいるとは聞いてないが、地元の観光業者の同意は得てあるそうだ。もっとも、彼らが費用を負担するとは思えないな」

コリーンはうなずいて、ためらうように言った。「アラン、この件はそちらで引き受けていただけないかしら？」

「いや、彼は君を指名してきたんだ」

「またどうして？」

「まず、彼と僕は近すぎるって言うんだ。それに僕は忙しくて長期調査は無理だろうって。それはそのとおりだが、なによりも彼は君が一番この仕事にふさわしい人物だと思っている。実は僕もそう思っているんだ」

コリーンは居心地悪そうに座り直した。先日の会話を思い出して、彼女はコリーに申し訳ない気持になっていた。「アラン……私、あまり気が進まないんです。できたらほかの人に頼んでいただけませんか？　せっかくの依頼ですけれど」

「しかし、彼は、ぜひ君にと言ってるんだ」

「ですけれど、私もほかにクライアントをかかえていますし……」

アランはいろいろと口実をさがしているコリーンを見ながら、ほほえみを禁じえなかった。堅苦しく身がまえてはいるが、その目にはためらいと不安の色が浮かんでいる。アランにはそれがなんとも愛らしく思われた。

コリーンは、ある部分でたしかにもろいところもあるが、とにかく強い女性だ。ひょっとしてコリーのような男をうまく操れるのは彼女しかいないのかもしれない。

「しかし、夏のヒルトン・ヘッドも悪くないよ。むしろ僕なんかうらやましいぐらいだ」

「きっとすばらしいと思います。でも、休暇のお話でしたら、私はもう予定をたてているんです」コリーンは八月にバーモントで二週間過ごす予定で、すでに三カ月前から予約を取ってあった。

「休暇の話じゃない、仕事だよ、これは」

「はい」

「彼といっしょに仕事をするのが不安なのかな？」

「不安？」コリーンの声がわずかにうわずった。「なぜ私が不安になるんですか？」

アランは顎に沿って指を這《は》わせながら、質問の答えを考えた。「理由はいくつか考えられる」

「彼がハンサムで男性的な魅力があるからですか？　それとも攻撃的で、執拗《しつよう》で、尊大で、手に余る人物だからでしょうか？」

「ほう、よく知ってるじゃないか？」

「いえ、ただ……直感的にそう思っただけです」コリーンはあわててこう言い直した。「いっしょに仕事をすると、トラブルになりそうな気がして」

「ほう？」

「二人とも自分の意見を曲げないので、きっとけんかになってしまうと思います」

「これは仕事だよ、コリーン。頑固なクライアントならいくらでもいたし、君はそれにちゃんと対処してきたじゃないか。コリーがとくに問題になるほどのクライアントだとは思わないけどね」少なくとも仕事に関してはね、とアランは心の中で付け加えた。

それでもコリーンはゆっくりと頭を横に振った。「申し訳ありませんが、やはり私は……」

「じゃあ、僕のために引き受けようと考えてもらえないかな？」アランはなだめるような言い方をした。

「お友達だから、ですか？」

「そうだ。もちろん正規の料金はもらうし、この仕事を請けるのは僕のプライドの問題でもある。だから彼には我が社の優秀なアナリストを提供したいんだ」

「お世辞をおっしゃってもむだですわ」コリーンはそっけなく答えた。

「じゃあ、この仕事を、君がいっそうすぐれたアナリストになるためのチャレンジだと考えられないかい？　コリーのようなむずかしいクライアントと仕事ができるかどうかという……」

この五年間、アランはコリーンといっしょに仕事をしてきて、やっかいなケースであればあるほど彼女が意欲を燃やし、むずかしいクライアントの仕事にも積極的に取り組んで、いい仕事をしたいというプライドを持っているのを知っていた。

「ずるいわ」とつぶやいて、コリーンはわずかに唇の端をゆがめた。

「ということは、イエスなんだね？」

「仕方ありませんわ」コリーンは大きく息を吸った。「たしかに、私はこれまでもやっかいなクライアントの仕事を引き受けてきましたから」

「しかし、コリーは彼らとはちょっと違うよ」アランが歌うように言った。

「大丈夫です。攻撃的で、執拗で、尊大なクライアントともうまくやってきましたから」

アランはこれで彼女を説得できたと確信したが、ほほえみを浮かべてもう一度念を押した。「ほんとに大丈夫なんだね？」

コリーンはそれにはもう答えなかった。すでに頭の中でこの仕事について考えをめぐらせていたのだ。「スケジュールはどうなっていますか？」

決定となれば、アランも頭の切り換えが早かった。「明日の朝、コリーがここに来るから、彼とよくプロジェクトを検討してみてくれ。その前に、うちで数年前に手がけたマリオット・プロジェクトをあたっておくといいな。あれはかなり参考になるだろう」

コリーンはアランのアドバイスを考慮しながら、いくつか自分なりの段取りを考えた。

プロジェクトにも、場所にも興味はある。この際、クライアントがだれかは二の次だ。今までも面倒なクライアントを相手にしてきたのだから、今度だって心配することはない。自分さえしっかりした信念を持ってあたれば、むしろやりがいのある仕事ではないだろうか。

翌日、受付嬢からコリーが来訪したという知らせを受けたとき、コリーンは闘う準備をすっかり整えていた。まず、服装は襟のつまったグレーのビジネススーツ、化粧はダークなアイシャドーにマスカラ、それに一はけの頬紅と光沢のある口紅。しかも、意地の悪い攻撃への対処法も昨夜から考えてあった。

ところが、意外なことにコリーはラフな服装でふらっとオフィスに入ってきた。明るいグレーのスラックスにカジュアルな靴、それにツイードのブレザーといういでたちで、少し曲がったネクタイがなんとも親しみやすい印象を与えている。そこには尊大なところなどみじんもなく、頬には友好的な笑みさえ浮かべているではないか。

「調査を引き受けてくれるそうだね」コリーは軽い調子で声をかけてきた。「うれしいよ」

コリーンは小さく咳《せき》ばらいした。「アランから強引に押しつけられたものですから」
わざわざ立ちあがって握手をする必要はないと思い、彼女は椅子に座ったままだった。
しかし、相手がだれであろうと失礼があってはいけない。とにかくお客様なのだから
……。そう思い直した彼女は、「どうぞ、おかけください」と言った。
コリーは彼女の目の前に腰をおろすと、椅子のアームに肘をついて両手を組み合わせ
た。「さて、なにから始めようか？」
「まず、そちらのお考えをお聞かせ願いましょうか」コリーンは事務的な口調で言う。
コリーには、彼女がひどくかまえているのがわかっていたが、なるべく彼女のペース
に合わせて歩み寄るつもりでいた。
そこで、コリーはアランに話しておいた調査の概要をもう一度繰り返し、「今後のプ
ランニングのために、まずたしかな情報が必要なんだ」と締めくくった。「できるだろ
うか？」
「それは大丈夫です。相応の手数料を払ってくだされば、それなりのサービスが受けら
れるというものですわ。その点についてはもうアランと話がついていると思いますけれ
ど」

「いや、当面は実費を払う約束しかしていない」

「あら、そうですか?」

「そう。ところで、情報のことだが……」

コリーンは自分が意地悪な気分になっているのを恥じた。コリーは二人の間に何事もなかったかのように、感じのいい態度で接してくれているではないか。彼女は軽く息を吸って彼の質問に答えた。「ヒルトン・ヘッドについて、できるだけ知っておきたいと思いまして、いくらかは調べたんですが……」

「ほう、いつ調べたんだい?」

「昨夜です」

コリーは感心したような目を向けた。「なかなか意欲的じゃないか、コリーン」

「でも、図書館の旅行案内にも雑誌にもほんの少ししか関連記事が載っていないんです」

「大丈夫、資料なら僕がどさっと送ってあげるよ。いや、それよりも自分で現地に行ったほうが早いんじゃないかな」

コリーンは自分がテストされているな、と思った。コリーはまったくリラックスして誠実に話をしているように見えるが、私がほんとにヒルトン・ヘッドに行く気があるかどうかをさぐろうとしているんだわ……。「たしかにそれが一番手っ取り早い方法です。そうすれば、まずどうすればいいかがすぐにわかりますからね。それに、この調査を依頼なさったほかのメンバーの方々とも話し合いを持ちたいし。調査の結果からなにを得たいと考えてらっしゃるのか、そちらの意図するところをはっきりとうかがっておきませんとね」

コリーは大きくうなずいた。「日時を言ってくれれば、僕がアレンジする。一日でもすむと思うが、二、三日滞在できればなお都合がいい」

彼はきっと、私が恐れをなして一カ月ぐらいあとの日を指定すると思っているに違いない。コリーンはカレンダーを見ながらすまして答えた。「じゃあ、来週の水曜日はどうかしら？」……大丈夫なの？　そんなこと言って……あと五日しかないじゃない。それまでにちゃんと心の準備ができるかしら……。「朝早く現地に飛びますから、その日はたっぷり時間がありますし、そのあと木、金、土曜日と三日間も滞在できるわ」ばか、ばか……なんてことを口走ってしまったの！「もちろん、そちらのご都合しだいですけれど」

この答えにコリーは内心狂喜したが、そんな気持はぐっと抑えて、冷静な声で応じた。

「僕のほうはオーケーだ。じゃあ、あとで秘書に資料を送らせよう。ついでに、飛行機の予約もさせようか」

「いえ、それはこちらで致します」

コリーはブレザーのポケットから名刺を取り出してデスクの上に置いた。「飛行機の便が確定したら、ここに電話を入れてくれ。サバンナに着けば車が待っているように手配しておこう」

コリーンは名刺には触れず、かわりに鉛筆に手を伸ばした。「わかりました」

「じゃあ」コリーはやさしいほほえみを浮かべて立ちあがった。「これで準備は整ったわけだ」

コリーンはカレンダーに印をつけながら平然と言った。「もし、なにか尋ねたいことがあればお電話いたしますが、なければ水曜日にお会いしましょう」ああ、とうとう約束してしまった……どうしよう……どうしよう。

コリーは別れの握手をしようとして思いとどまった。ちょっとでいいから彼女の手を握ってみたいが、ここはぐっと我慢しておいたほうがよさそうだ。今手でも握ろうものなら、このあと自分がどうなるかわからない……。コリーは熱い目で彼女を見たが、コリーンは相変わらずとりすましている。ああ、なんとかして彼女を燃えさせたいものだ……。しかし、あせる必要はない。そのうち必ずこっちのものになるのだから……。

コリーは差し出しかけた手をポケットに戻しながら、もう一度ほほえんで、別れの言葉を口にしてから、思い切って彼女のオフィスをあとにした。

コリーンは彼の去っていった方を長い間じっと見つめていた。胸の奥からふるえが伝わってくる。それをやっとの思いで鎮めると、かわりに怒りがわきあがってきた。

これは罠《わな》だわ……彼は私をテストしようとしているのよ。わざと笑顔なんかつくって私をたぶらかそうとしているだけ……危険だわ、でも……それにしても、なんてすてきな笑顔かしら……頬にできるえくぼがまたやさしくて魅力的……名刺を置くときに袖口《そでぐち》からのぞいた腕の毛を見た？　茶色というより赤褐色だったわ……ひげも濃いようだから一日に二度剃《そ》るに違いない……ああ、だめだめ、なにを考えているの、コリーン……これはちゃんとした仕事なんですからね、彼に心惹《ひ》かれるなんてとんでもない話だわ……。

コリーンは気を引き締めて鉛筆を逆さに持つと、先についている消しゴムでさっきつけたカレンダーの印を念入りに消した。

　サバンナで待っていた車は車体の低い黒塗りのスポーツカーで、どうやらコリー個人の車らしい。コリーンはなかば予想はしていたものの、いまさら拒否することもできず、急に体が熱くなってくるのを覚えた。ボルティモアの五月もかなり暖かいのだが、ジョージアはさらに気温が高く、これから行くサウスカロライナ州のヒルトン・ヘッドが思いやられた。車に寄りかかって待っている彼がこちらにやってきたら、私はとけてしまうんじゃないかしら……。

　ウエストに浅くタックの入ったカジュアルなパンツに、ゆったりとした半袖のプルオーバー姿のコリーは、グリーンの目を輝かせてにっこりほほえむと、すばやくコリーンのバッグに手を伸ばして肩にかけ、彼女の歩調に合わせて車の方に歩き出した。「フライトはどうだった？」

「快適だったわ」

「機内でなにか食べたかい？」

「朝食が出たわ」

「じゃあ、島に着いたら、軽いランチでも食べよう」コリーは車のドアを開け、後部座席にバッグを置いてから、彼女が優雅に足をおさめるのを見とどけた。

　助手席に座ったコリーンは、彼が運転席にまわってくるまでの間に、すばやく真っ白なコットンパンツのほこりを払い、灰色がかったブルーのブラウスの裾《すそ》をパンツにたくしこんだ。コリーは車に乗りこむと、すぐにエンジンをスタートさせて冷房のスイッチを入れた。ひやっと冷たい空気が座席に流れはじめる。

「いい気持」コリーンは思わず大きく息を吸いこんだ。「こんなに暑いとは思わなかったわ」実は、旅行の準備をするとき、彼女は別のことにばかり気をとられていたのだ。

「大丈夫、ビーチ以外はどこも冷房がきいてるし、海で泳げば生き返るさ」そう言いながら、コリーは彼女がシートベルトを着けるのを見守った。胸もとできちんと装着すると、たちまちコリーンの胸が男心をそそるように大きく強調される。

　思わずごくりと唾《つば》をのみこんだコリーは、あわててバックミラーに視線を移し、いったん車をバックさせてからゆっくりと発進させた。

「僕が送った資料、届いたかな？」

「ええ、ありがとう。とっても役にたったわ」

「会議には地元のホテルと小売り店の経営者が集まって、調査してもらいたい事項を話すだろうから、君はそれをよく聞いて、こちらが思いもつかなかったような夢をふくらませればいいんだ」

コリーンはうなずいた。彼って、理想的なクライアントだわ。察しが早くて、洞察力がある……いいえ、ありすぎるわ。もしかして、私がこの五日間よく眠れなかったことまで見抜いているのかもしれない。

コリーンは目の前に広がる景色を眺めながら彼に尋ねた。「これがサバンナ？　思っていたよりずっとおだやかな感じね」

「おだやかか……うまいことを言うね。地元の人たちは〝荒廃地〟と言ってるけどね。でもダウンタウンに行けばなかなか捨てたもんじゃないんだ。史跡が残ってるし、浜辺も修復されてきれいになった。午後にでも歩いてみよう」

「いいわね、もし時間があれば」コリーンは落ち着いた声で応じた。「でも、まず、できるだけ早くプロジェクトに取りかかりたいわ」

「二、三日滞在できる予定だろう？」

「あなたは？」

「実はその件で、昨日、電話を待ってたんだけど」コリーはいたずらっぽい笑みを浮かべてちらっと彼女を見た。

コリーンはそんな彼を無視して仕事の話を続ける。「もし、すべてが順調にいけば、帰ってから一週間でだいたいのプランがたてられると思うわ」

「つまり、アンケートの設問とか？」

「ええ、でも、その前に決定しなければならないこともいろいろあるけど」

「たとえば？」

「まず、アンケートの方法――たとえば、電話による調査だと、電話帳で無差別に人を選び出すとか、旅行会社の顧客リストから選ぶわけだけど、この場合は、どちらもベストの方法じゃないと思うの。ほかに考えられるのはダイレクトメール。これはやり方によってはかなりの成果があがると思うわ……。私が考えているのは……そうねえ、一カ月くらいの期間、ホテルの各部屋にアンケート用紙を置いておくの。もちろん、答えるかどうかはお客様しだいということになるけど。それから、こういう手もあるわ。たとえば、バーで、アンケートに答えてくれたら、飲み物を一杯無料にするとか」

「じゃあ、コンドミニアムを借りてる客はどうだい？」

「チェックインするときに用紙を渡して、チェックアウトのとき回答してくれた場合はなにかお礼を差しあげるとかね」

「悪くないね」

「それから、もう一つあるの」コリーが話にのってきたので、コリーンはうれしくなった。「面接アンケートの方法。これだと、かなり突っこんだ質問ができるわ」

「つまり、イエス、ノーだけじゃないってこと?」

「ええ、用紙によるアンケートでも突っこんだ質問はできるけど、やはり限度があるわ」

「で、面接の場合はどうやって相手をさがすんだい?」

「面接したい旨を用紙に書いておくの」

「そのホテルですぐに面接するわけ?」

「それでもいいけど、あとでコンタクトしてもいいかどうかをきいておくの。あまり彼らの休暇をじゃましたくないし、家に帰ってからのほうが具体的に考えられるってことがよくあるのよ。そんなときをねらって電話すれば、回答者は少なくても、かなりはっきりした結果が出るわ」

「悪くない」コリーはうきうきした調子で繰り返した。「ずいぶんいろいろ考えてくれたんだね」

「私の仕事ですもの」

「ここに来て、少しは仕事から解放される時間はある？」

ほうら、本性を表しはじめた……。「私がリラックスできるのは、完全に仕事が終わって、夜、ホテルの部屋で一人になったときだけよ」

「それ、アランの命令かい？」

「いいえ、私が自分で決めてるの」コリーンはまっすぐ前を見つめたままで答えた。

「僕が命令してもいいかな？　今は僕が君のボスだからね」

コリーンはおおげさにうなずいてみせた。この際、彼がなにを考えているかをはっきりさせておくのも悪くないのかもしれない……。「いいわ。それでどんなご命令？」

コリーは肩をすくめた。「食事を三回と、コーヒーブレイクをとる。それから、たまには夜の町を見てまわること。もっとも、これは仕事の一つだけどね」

「あら、そうかしら？」

「そうさ。この島がどんなところか自分の目で確かめるのも、君の仕事だろう？」

「やりすぎるのも考えものよ」

「バンド演奏を聴きに行くとか、ダンスをするとか、月夜の浜辺を散歩するとかが、やりすぎになるのかい?」

そうよ、やりすぎにきまってるじゃない……まあ最初の一つぐらいは許せても、あとの二つはだめ。とにかく、この人は危険なんだから……きっとこの上なくダンスが上手で官能的な踊りをするに違いないわ……浜辺では、私を抱いて甘い言葉をささやくにきまっている。そんなことされても、私の心はどうにもならないのよ……かえって幼いときにたった一人で母親を待ちつづけたあの悲しい日々を思い出すでしょうね……あのとき私は決心したんですもの、決して両親のようにはなりたくないって……トム・オニールやリチャード・ベイツやピーター・フランクとデートしても、男と女の関係になるのを心配しなくていいけど、コリー・ヘラディンだけはだめ。彼のまわりにはなにか危険な香りが漂っている……。

「どうしたの?」いきなり運転席から手が伸びて、やさしく膝をゆすられた。「大丈夫かい? 僕の考えが気にいらなければ、君の思うとおりにすればいいんだよ」

コリーンははっと我に返ってコリーを見た。私の思うとおりにすればいい、ですって？　ところがそれが問題だ――すてきな男性と月夜の浜辺を歩くことに、半分心惹かれているんですもの。でも、そんな気持が間違いのもとだって十分にわかっているわ……。

「コリーン？」

「大丈夫……」彼女はうつむいて、軽く咳ばらいをしながら、両手をしっかりと膝の上で握り締めた。それから、ゆっくりと目を窓の外に向ける。「心配しないで」

「じゃあ、お願いがあるんだけど……」コリーは片手を伸ばして彼女の手を軽く握った。

コリーンはさっと身を硬くして、やっとの思いで息を吸った。どうしよう……どう応対すればいいのかしら……。

「サングラスがそこに入ってるから、取ってくれないか？」

コリーンはごくりと唾をのみこむと、あわててダッシュボードの小物入れからサングラスを取り出した。

「ありがとう」コリーは両手ですばやくそれをかけた。「ああ、これで楽になった。僕の目にはレンズが入ってるから、とくにまぶしいんだ」

「レンズって、コンタクトレンズ？」

「そう、近眼なんだ。そんな僕に幻滅した？」

「なぜ、コンタクトを入れてるの？」そう言って彼女は彼の顔をのぞきこんだ。「眼鏡がとってもお似合いなのに」ひかえめな言い方だったが、彼女の正直な気持だった。

「格好つけてるのかな？　でも、コンタクトのほうがよく見えるのは事実なんだ」コリーは自嘲《じちょう》ぎみにそう言った。「それに、眼鏡をさがして這いずりまわらなくてもいいし」

「あなたがコンタクトレンズを入れてるなんて、夢にも思わなかったわ」コリーンには実に意外だった。「じゃあ、もしかして、そのグリーンの目はレンズのせい？」

「いや、これは本物だ。透明のレンズだから」

「じゃあ、その髪の色も本物でしょうね？」

「おい、おい。そんなに疑いの目で見ないでくれよ。まあ、コンタクトを入れてるおかげで、近眼は知られないですんでるけど、あとはぜんぶ本物さ。さあ、僕をつねってごらんよ。木でできてるわけじゃないし、プラスチックでもないんだから」

「信用するわ」コリーンはあわてて言った。

「実はね……この髪、子供のころはもっと赤かったんだ。だから……いつもカーディナルって呼ばれていた。カーディナルっていう頭の赤い鳥に似てるってわけだろう……」コリーは大変な秘密を告白するかのようにもじもじしながら言った。

コリーンは思わず笑ってしまった。

「カーディナルなんてすてきじゃない？　枢機卿《すうきけい》という意味もあるけど、それとは違うのね」

「うん、違う」そう言ってコリーはちらりと彼女の方を見た。「君が笑うのを見るのは初めてだな」

すると、たちまち彼女の顔から笑みが消えた。「私だって、たまには笑うわ……」ほんとに、なぜ、私は笑ったんだろう、こんなときに……。きっと完璧《かんぺき》だと思っていたコリーにも弱点があるんだって知ったからじゃないかしら。別に近眼がおかしいわけでも、赤い髪やニックネームがこっけいなわけでもなく、まるで少年のようにはにかんでいる彼を見て思わず笑ってしまったのに違いない。

「もっと笑ったほうがいいよ」コリーがやさしく言う。「いい声なんだから」

「そうね」コリーンはそっけなく答えて、ぷいと窓の外を見た。

「おや、おかんむりかな……」と独り言をつぶやいてから、コリーはふだんの声に戻った。「笑ったっていいじゃないか、コリーン。たとえ、僕を笑いものにしてもさ」

「笑いものになんかしてないわ。あなただってカーディナルというあだ名がばかげていることを認めるべきよ」

「わかった、わかった」コリーはしぶしぶ認めた。

「だけど、だれでもあだ名をつけられる時期があるだろう。ただ僕のあだ名はほかの人よりちょっと立派だったというだけさ」

コリーンはそれには答えず、疑うような目で彼を見た。「でも、どう見ても赤毛には見えないわ。肌がすごく日焼けしているせいかしら」

「母の家系に赤毛がいるんだ。僕はそれを受け継いだだけだよ」

「私の知り合いにね、銀狐《ぎんぎつね》と呼ばれていた人がいるの」コリーンは静かな口調で言った。「その人、三十歳で半分白髪だったから、そう言われてたんだけど、四十八になって、友達も全員銀髪になっているのに、今もそう呼ばれているのよ。なぜかと言うと、髪が銀色と言うだけじゃなくて、性格がまるで狐みたいだかららしいわ。すばしこくて、ずる賢くて、自分の欲しいものを奪うと、さっさと逃げていってしまうような人だから」そう言ってコリーンは彼を見た。「髪の色は別として、あなたのお友達は、なぜ今でもカーディナルって呼ぶのかしら？」

「赤毛のせいさ。それ以外に理由はない」コリーはわずかに顎を上げたが、すぐに思い直して観念したようにしぶしぶ答えた。「……もしかしたら、花から花へと飛びうつるからかな？」

「もっとはっきり言ったら？」

「だから言っただろう。僕は完璧な男じゃないって」

「それはたしかだわ」

コリーは不満の声をあげたが、それ以上なにも言わなかった。あだ名の話なんか持ち出した自分に腹をたてていたのだ。せっかく隠しておきたかった自分の一面が暴露されてしまった。でも、まあ、いいか……。とにかく彼女が笑ったんだから……ほんのわずかだけど。

僕は決して自分の過去を隠そうというつもりはないし、また隠すべきでもないと思っている。だが、彼女には、過去に比べて少しは成長した自分を見てもらいたい。今の自分をわずかでも尊敬してもらえれば、ちょっとばかり派手だった過去も案外すんなりと受け入れてもらえるかもしれない……。

コリーはヒルトン・ヘッドに続く橋に向かって車を走らせながらきっぱりと心を決めた。とにかく今の自分に必要なのは、まず気持よく彼女に譲歩することだ。そして親しみとユーモアを節度をもった態度で示していけば、彼女だって頭から僕をこばんだりはしないだろう……。

4

ヒルトン・ヘッド島は足の形をしていて、くるぶしのあたりには、ローズ・ヒルとか、モス・クリークとか、インディゴ・ランなどといったロマンチックな名前のプランテーションが点在している。コリーの家があるシー・パインズはちょうどその爪先をつつみこむ形に広がっていた。

二人はシー・パインズに着くと、すぐランチをとることにした。コリー推薦の〈ルビー・チューズデイ〉というレストランは、とてもリラックスした雰囲気でインテリアがなかなかすてきだった。あちこちにステンドグラスがはめこまれ、ティファニーランプが各テーブルの上につりさげられている。セッティングも華やかだし、メニューも多種多様で食欲をそそられるものばかりだ。車の中の緊張から解放されて気分が軽くなっていたせいもあるが、彼女の気分を盛りあげるのに、これ以上のレストランはないだろう。

テーブルに案内されるまでは、コリーンはサラダバーだけですますつもりでいた。ところが、コリーがベーコンバーガーを注文したので、つい自分もチーズパイを頼んでしまった。彼はそのうえにフライドズッキーニとポテトスキンを追加したので、コリーンが思わず眉を上げた。

「ここのは実にうまいんだ」コリーは自信たっぷりに言う。「今にわかるよ」

コリーンはあえて逆らわないことにした。胃の調子もおさまっていたし、レストランにいるのだからと、極力自分を抑えていた。この調子でいけば、最後の日までなんとかなりそうな気がしてくる。

飲み物が運ばれてくるまでの間、コリーはヒルトン・ヘッドに住むようになったいきさつをかいつまんで話した。コリーンは彼の話に耳を傾けながらも、なるべく仕事と割りきって、彼を、おおぜいいるクライアントの中の一人だと思いこもうと努力していた。

やがて話が一段落し、二人はサラダバーへ立った。並んで歩きながら、コリーンは改めて彼の大きさとしなやかな体つきを思い知らされた。それに、彼はどうやらここでは有名人らしい。あちこちのテーブルから声がかかるし、手も振られ、そのたびにコリーは立ちどまって握手をしたり、手を振って応《こた》えている。いかにも土地の人々から愛されているようだ。

　彼はサラダバーでオリーブの実をぽんと口にほうりこんで、肩をすくめてみせた。そのしぐさがなんとも言えずチャーミングだったし、食事を運んできたウエイトレスにまでウインクしてみせる彼は、まさに女心をうきたたせるに十分だった。

「さあ、今度は君の仕事の話をききたいね」コリーはベーコンバーガーにかぶりつき、目をきらきらさせながらきいた。

「仕事？」人の心を見すかすように、またさぐるように見つめるそのエメラルド色の瞳に、コリーンの胸の鼓動が速くなった。仕事、仕事……ああ、気を落ち着けなくちゃ……早くプロジェクトの話をしなければ……。「そうねえ、仕事といってもほんとうにいろいろで……アランのところで働きはじめたときには、これほどのめりこむとは思わなかったわ」

「で、アランの会社で働くようになったきっかけは？」

「彼が私の専門の仕事を提供してくれたの」

「君はボルティモアで生まれ育ったのかい？」

「ええ」

「大学は？」

コリーはズッキーニをほおばりながら、なにやら思い出したようににやにやした。

「ガウチャーには知ってる女の子がいたな。友達の妹でね、実にかわいい娘《こ》だった」彼はコリーンの年齢を推測するようにちょっと片目をつぶって考えてみた。「たぶん、君より五、六年早く卒業してると思う。だから、君は知ってるはずないな」そう言ってまっすぐ彼女の目を見つめた。「ごめんよ、話の腰を折ってしまって」

「い、いいえ、いいのよ……」コリーンは彼が片目をつぶったしぐさにすっかり気をとられていた。なんてかわいいのかしら……はっとするほど無邪気ですてき……。彼女はそんな彼に見とれて無防備になっていたのか、ふたたび自分にそそがれたコリーの視線にたじたじとなったが、それでもなんとか平静をとりつくろって、静かに言った。「なにかほかにききたいことは？」

「君がボルティモアにいるのは、お祖母《ばあ》さんのためなのかい？」

「仕事の話をしたかったんじゃないの？」

「それはそうだけど、今度は君のお祖母さんのことをききたくなったんだ」コリーはまたベーコンバーガーを一口ほおばった。

彼の口がふさがっているうちにと、コリーンは仕事の話に話題を戻した。「アランって、ほんとにやり手ね。クライアントの幅の広さには感心するわ。銀行から、公益企業、製靴業者、政治家までいるのよ」

コリーンがそう言いおわったときには、もうすでにコリーの口はからっぽになっていた。「君には妹さんがいるそうだね、どこに住んでいるの？」

「ニューヨーク。私の仕事もニューヨークが多いのよ」

「お子さんは？」

「一人」

「男、女？」

「男の子」

「かわいいかい？」

「とっても」

「あまり食べてないね」

「お話ししてるときには、食べられないわ」

「オーケー、じゃあ、まず食べよう。話はそのあとだ」

コリーンはフォークを手にしてチーズパイを一口食べた。ところが、コリーがじっと見つめているのを意識すると、手がふるえるようでどうも落ち着かず、彼女はまたフォークをテーブルに置いて、仕事の話を始めた。「市場調査の仕事のいいところは、流行《はや》り廃《すた》りがないことね。たとえば、服飾業界だと、常に次のシーズンを先取りしてゆれ動いているでしょう」

「へえ、僕はロンドンとかパリとかミラノが流行を決めるのかと思ってた」

コリーンは首を振った。「アメリカの業者はパリとかミラノとは関係ないの。ああいうところで発表される服は実用的じゃないし、値段も平均的なアメリカ人の感覚からはかけ離れているでしょう？　私たちが通勤着とか通学服、あるいは街着に求めているのは、手ごろな値段の常識的な服なのよ」

「つまり、アメリカ人はファッションに無関心だってこと？」

「そうじゃなくて、自分がなにを求めているのかを知ってるわ。それがディオールなのか、もっとほかのものなのかを調査するのが私の仕事になるわけね。アメリカ人の考えはすごく自由だから、好きとなれば流行にもついていくけれど、そうじゃなければ、時間とお金をかけて製品を作っても見向きもされないわ」

「じゃあ、君はなにを作ればいいかを、メーカーにアドバイスするわけだ」

「こちらは調査の結果を知らせるだけよ。決定は業者がするわ。とくにチェーンストアの場合は市場調査が有効なの。州によって、人々のニーズが違うから」

「じゃあ、君は業界の裏側にくわしいんだ。アメリカの最新流行の先端をいってるんだね」

「それほどじゃないわ」コリーンは改めて、なんの変哲もないスラックスにブラウス姿という自分の服装を考えた。「私は自分の個性にあった服を着ているだけ」

「かなりお堅い感じだね」コリーがからかうように言った。

「あら、あなたはずいぶん保守的だわ」コリーンは彼のセーターに目を移した。ファッショナブルではあるけれど、どちらかといえば古いタイプの着こなしだ。

「ほう、このスタイルは気にいらないかい？」コリーは顎を引いて自分の薄紫色のセーターを見た。「僕はちょっといいんじゃないかって思ったんだけどな」そう言って、コリーンに自信なさそうな目を向けた。

コリーンはどうしていいかわからないまま、からかうような口調で、「私、いつも思うんだけれど、男の人って、自分の服を買うときとか、クローゼットから服を選ぶとき、どんなことを考えているのかしら?」ときいてみた。

「そりゃあ、いろいろ考えるさ」とくに今日のように相手にいい印象を与えたいときには、三十分もかけて服を選ぶ。今日の場合、最初はブレザーとスラックスを選んでいたが、ちょっと堅い雰囲気なのでやめにし、次にジーンズにTシャツとも思ったが、あまりにもカジュアルすぎるのでこれもやめて、結局プルオーバーになったのだ。

「じゃあ、あなたが似合うと思っている色はなあに?」とコリーンがきいた。

「グリーンかブルー。それに、薄い紫」

「スタイルは?」

コリーは苦笑いした。「さっそうとした感じが好きかな」

「自分を鏡に映してみることがよくあって?」

「もちろんだよ」

「じゃあ、うしろ向きになって、ウエストがきつすぎないかどうかチェックしたりする?」

「ウエストがきつくなるってことはないな。そのあたりにだぶついた肉はないからね」

「ほんと、あなたの体にだぶついた肉なんてどこにもないみたい。ずいぶん大きい体なのに、いったいどこに肉がついてるのかしら」

ほう、彼女は無関心な態度を装っているわりには、男の体を仔細《しさい》に観察しているらしいぞ……コリーはにんまりと満足の笑みをもらした。「背の高さにとられているのさ。それに固い筋肉にもね」

「なにかトレーニングなさってる？」

「いや、ただ仕事をしてるだけでこうなるんだ」

コリーンはうなずいた。「まさしく肉体労働ってわけね」

「そう、今まで体のことで相手に文句を言われた記憶はない」コリーは思わずそう言ってから、しまったと思った。あまりにも意味深長すぎる、ちょっと言葉を慎まなければ……。

ところが、コリーンは平然として、「そうでしょうね」と言い返した。

コリーは咳《せき》ばらいをして、あわててポテトスキンに手を伸ばした。「これ、まだ食べてないね。ちょっとつまんでごらん。チーズとベーコンの味がしてなかなかいけるよ」

コリーンはじっと皿を観察してから言った。「もう、おなかがいっぱいなの」

「そんなこと言わないで、つまんでごらんよ」

「なぜ？」

「食べてもらいたいからさ」

「悪いけど、今度にするわ」

「今、食べるんだ」

「コリー……」

「太る心配はないんだ。それに、ポテトの皮はビタミンたっぷりなんだから」

コリーがポテトをつまんで彼女の口に入れようとしたが、コリーンは彼の顔をじっと見たまま身動きしなかった。「ここでは僕がボスだろう」とコリーは命令口調で言った。

「仕事中はね」

「だけど、君が仕事中じゃないのは、ホテルの部屋で一人になったときだけじゃなかったのかい？」

「あら、三食と、コーヒーブレイクの時間はもらってもいいんでしょう？」

「いや、今後はこうしよう」コリーは大きく息を吸った。「〝ボスには決して逆らわないこと〟これがカーディナルのルールだ」そう言ってコリーはポテトの方を顎でしゃくり、

「さあ、食べて」と言った。

「カーディナルというあだ名を忘れてもらいたかったんじゃないの？」

「気が変わったんだ」

「さっき、たしか私がここにいる間は、思うとおりに行動していいって言ったわよね」

「それについても、気が変わった」

「じゃあ、もうなにを言ってもだめなの？」

「だめだ」

驚いたことには、コリーが「だめだ」と言ったとたん、彼女はすっとポテトの皮に手を伸ばして、口にほうりこんでいた。ところが、今度はコリーンが驚く番だった。一口食べてみると、実に風味豊かな味わいが口いっぱいに広がって、なんともいえずおいしい。しかも、意外なことに、彼の命令に従ったことさえ悪い気はしなくなっていた。なるほど、彼の言うとおり、これなら太る心配はなさそうだ。

実を言うと、その後の二日間、地元の人々との話し合いはほとんどホテルやレストランでの会食中に行われた。その食事は、コリーンがいつも食べているオートミールやヨーグルトやチキンサラダなどとはまったく違った、ボリュームのあるものばかりだったのだ。

水曜日の夜は二人のホテルオーナーと、木曜日の朝食は小売り店のグループ、昼食はレストランオーナー、夕食はコンドミニアム開発業者。金曜日の朝食と昼食は残りの店舗グループとホテルオーナー、夕食はボート業にたずさわるスポーツマンたちという具合である。

食事の量のほかに、コリーンが自分でも驚いたことがいくつかあった。まず、ヒルトン・ヘッドについての情報と地元の要望が予想以上に集まってきたし、二番目に、会食中、コリーの姿をほとんど見かけなかったこと。三つ目は、自分がコリーの姿をさがし求めていたという事実だった。

金曜日の夜遅くベッドで横になりながら、コリーンは彼に惹《ひ》かれている自分を認めないわけにはいかなかった。なんといっても彼は気前がいい。すばらしい景色が一望のもとに見渡せるこんな豪華なスイートルームを用意してくれたのがその証拠じゃないかしら。それにすごいやり手だわ……彼がコンタクトした関係者は全員集まってくれたんですもの。それだけじゃない、やさしい思いやりもちゃんと持ち合わせている……会合が長引いたあとなんか、さりげなく現れてドライブに連れていってくれたり、散歩に誘ったりと気を配ってくれる。そのうえ、彼は礼儀正しく人々にも接している。もちろん、たまには自分の意見を主張して声を荒らげることもあったけれど、あとは実にビジネスライクで立派だった……。

それに、彼は私に触れようともしなければ、強引に迫ろうともしないばかりか、ダンスに行こうとも、真夜中に浜辺を散歩しようとも言わなかった。それでも私は彼が好き……だから今夜はこんなに心安らかでいられるんだわ……。

土曜日の朝早く、コリーンの部屋の電話が鳴った。受話器を取ると、コリーの声がして、午後の便で帰る前に半日付き合ってくれないかという誘いだった。今やすっかりコリーを信用しているコリーンは、一も二もなく承諾した。

ノックがあったとき、コリーンは一瞬ためらってからドアを開けた。そのとたん、隆々と盛りあがった男の筋肉が目にとびこんできた。ショートパンツに、ぴったり胸に張りついたTシャツ姿のコリーが立っていたのだ。

コリーンは思わずはっと息をのんだ。たまらないわ……この胸、この脚。ごくりと唾《つば》をのみこんだ彼女は、つい顔をしかめて自分の着ている物に目を落とした。ここに着いた日に着ていたのと同じスラックスとブラウス姿だったのだ。仕事上の会合にはいつもドレスとかスカートを着用していたので、これでもずいぶんスポーティだと思っていたのに、コリーの格好に比べるといかにもやぼったい。「ごめんなさい。もっとカジュアルな服を持ってくればよかったわ」コリーンは消えいりそうな声で言った。

「ショートパンツを持ってこなかったのか？　それなら、まかせてくれ」コリーはそう言いおわらないうちに彼女の腕を取って、さっさとエレベーターに向かった。

彼の車まで来てやっとコリーンは事態がのみこめた。これからショートパンツを買いに行くつもりなのだ。「大丈夫よ、これで。飛行機は四時だから、この服装なら着替える必要もないし」

「飛行機のために着替える必要なんかないさ。最近はみんなラフな服装で乗ってるから、ショートパンツのほうが君も楽だよ」コリーは有無を言わせずさっと車を発進させた。

「これで十分楽なのよ」

「二日半もぶっとおしで働いたんだから、このへんで一息つくべきだよ」

「でも今夜と明日いっぱいは休めるんですもの」

「いや、僕の言ってるのは、今日のことさ」コリーはきっぱりした口調で言った。

「いったい、どこへ行くつもり？」

「まず、ハーバータウンの店を見てまわろう。調査の参考になるよ。君はまだショッピングをしてないだろう？　ここに来る観光客はショッピングも目的の一つだから、見ておいたほうがいい」

「私、ショッピングはあまり好きじゃないの」コリーンは窓の外に顔を向けたまま答えた。「季節ごとに必要なものをまとめて買いこんで、それで終わりなの」

「長くはかからないさ、コリーン。欲しい物はわかってるんだし」

「コリー、ほんとに私、これで十分なの」

彼はちらりとコリーンを見た。「じゃあ、このまま家まで行って、僕のほうがシャツとスラックスに着替えようか……だけど、ヨットで海に出るつもりだから、潮風は気持いいとしても、かなりの暑さだろうなあ。スラックスをはいてたんじゃ、たまらないかもしれない」

コリーンは唇を引き結んだ。「あら、私が事態を面倒にしてるようね」

「いや、そうじゃない。君がそのほうがよければ着替えるよ」

「いいの、いいの。わざわざそんなことしなくても」

「着替えるのなんて簡単さ」

彼にとって問題なくても、コリーンのほうは自分の想像をこれ以上ふくらませたくなかった。でも……私は彼の家を見たいんじゃないのかしら……彼が着替えている間じっとそこで待っていたいんじゃないかしら……彼が隣の部屋で服を脱いでいるのを想像してうっとりする……ああ！　私どうかしてるわ、こんな気持になったのは初めて……暑さで少しおかしくなったのかしら……そう、そうに違いない……。

「いいのよ、そうまでしなくても……」コリーンはあいまいな口調で言った。

「ほんとにいいのかい？」

「ええ」

「じゃあ、買いに行くかい」

「ええ」

「よし、聞きわけのいい娘だ」コリーはにこっとして歌うように言った。

彼はほほえみを絶やさず、樫《かし》の木と苔《こけ》のトンネルに入るといっそうにこやかな笑顔になった。そしてハーバータウンに着いても、いかにも満足そうな笑みを浮かべっぱなしだった。

車を降りたコリーンは、彼の案内するスポーツ店についていった。コリーはすぐにシヨートパンツとタンクトップのセットを手にしてすすめたが、彼女は頭を横に振った。次に彼は断られることを半分承知で、にやにやしながらシックなテニスウエアのアンサンブルを手に取ったが、コリーンはもちろんそれにもかぶりを振った。意外なことに、彼女が手を伸ばしたのは、明るい色のワンピースだった。襟ぐりが大きく開いた半袖《はんそで》で、ウエストより少し下がったところにたっぷりとギャザーの入ったかわいいドレスだ。

コリーンは手に取ってみて、自分でも不思議だった。こんな服には今まで見向きもしなかったのに、どうして今日はぱっとこれが目についたのかしら……。

それはブルーの地にピンクとグレーの雲がデザインされていて、そのソフトな手ざわりと雰囲気がいっぺんで気にいってしまったのだ。

「なかなかいいね」コリーが耳元でささやいた。「買ったら?」

「……どうかしら……試着してみないと……」

「じゃあ、着てみたら?」

コリーンはなおも迷っていたが、彼に背中を押されてしぶしぶ試着室に入った。

手を通してみると、思わず頬がゆるんでくるほど愛らしい。ネックラインはゆったりと胸元を囲み、袖もふっくらと肘のあたりをおおっている。それに、ローウエストのギャザーの効果か、まるでオーバーブラウスを着ているように見えた。

ただ問題は、ちょっと丈が短すぎることだ。膝上五センチのミニスカートなんて考えもしなかったのに……でも……昨夜ちゃんと脚のむだ毛を処理したし……脚の格好だってそれほど悪くないから、このくらいはかまわないかしら。

だけど、それにしても襟ぐりが開きすぎている。ブラジャーの右ストラップを隠そうとすると、左が見える。うまく調節すればなんとか両方とも隠れるのだが、そのままの姿勢でじっとしているわけにもいかないし……困ったわ。

そのとき、しびれをきらしたような彼の声がした。「コリーン、どうだい?」

「なかなかいいみたいだけど……」

「ちょっと見ていいかい?」

「でも、やっぱりショートパンツとタンクトップにしようかしら」

「どれどれ」

コリーンは大きく息を吸って、ネックラインを手で押さえたまま、ためらいがちにドアを開けた。その姿を見て、思わず息をのんだのはコリーのほうだった。まるで二十歳《はたち》の初々しい乙女のようじゃないか……喉元はなめらかでアイボリーのようにつややかだし、腕も脚も申し分なく女らしい。やせてボーイッシュだと思った最初の印象はどうやら取り下げる必要がありそうだ。

コリーは感嘆したように大きく息を吐いた。「それに決まりだ！」

「でも……ちょっと……このへんが開きすぎていて……」

「ゆったりと自由に着られるようにできているんだろう。いいよ。君にぴったりじゃないか！」

それでもコリーンはまだ迷いながら、もう一度鏡に全身を映してみた。「これにすべきかしら？」

「ぜったいに買うべきだ」コリーが断言する。

そう言われると、なんだか大胆な気持になってきたコリーンは、片方の肩が見えそうになっているのも気にならなくなってきた。「そうね、思い切って買おうかしら」

すると、彼女の肩ごしに鏡を見ていたコリーが挑むようにささやいた。「ノーブラにすれば問題ないよ」

コリーンはぎょっとして、思わず彼の方を振り返った。

「だれも見ないから大丈夫」彼がなだめるように言い添える。

「でも、あなたが見るわ」

「見ないさ。僕はヨットの操作に忙しいんだから。ところで、君の靴のサイズは？」

「二十四センチよ」

「じゃあ、そのサイズのスニーカーを持ってくるよ」コリーは試着室のドアを閉めて立ち去った。

コリーンがまだ迷っていると、ふたたび彼の声がする。「コリーン、スニーカーはこれ。それに紙バッグを持ってきたから、脱いだものをそれに入れるといい。そしたらすぐに出かけるよ」

ううん、どうしよう……どうしよう……コリーンは迷いに迷った。

「まだかい？」コリーがせきたてるように言う。

「もうすぐ……」ああ、いつまでもぐずぐずしていられないわ。どうせ彼はヨットの操作に忙しいんだから、思い切ってノーブラにしちゃおうかしら……でも、全面的に彼を信用するわけにはいかないし……どうしよう……。

「コリーン？」

「今、行くわ」追いつめられたコリーンは、ついにブラジャーをはずすと、脱いだ服といっしょに無造作にまるめて紙バッグに突っこんだ。それから前かがみになってスニーカーをはきながら、自分に言い聞かせた――とにかく、今日は休日なんだし、ここはボルティモアじゃなくてリゾート地なんだから、少しぐらいリラックスしてもいいんだわ……。

コリーンはいったんそう心に決めると、さっさと紙バッグを肩にかけ、彼の前を通りすぎてレジまで行って、店員に頼んだ。「あのう、この値札を取りたいんですけど、鋏《はさみ》をお借りできますかしら？」

それを見ていたコリーはゆっくりと店の入り口に向かってあとずさりしはじめた。

〝やった、やった！　これでよし！〟心でにんまりしたとたん、だれかにどんとぶつかった。あやまろうとしてあわてて振り向いたが、水着を並べたショーケースだった。

ちきしょう！　彼は小声でののしると、かっと照りつける陽光の中に一歩踏み出した。

店員にはもう、ドレスとスニーカーの料金は自分に請求するようにと伝えてある。しかし、コリーンはそれを問題にするかもしれない……とにかく、彼女は今までに付き合った女性とはまったく違うのだから……。

ふつう、背筋を伸ばして顎をつんと上にあげた女は退屈なものだが、彼女の場合だけはなぜか心惹かれてしまう……彼女の身持ちのよさや、人生に対する取り組み方を見ていると、ついなんとかしたくなってしまうのだ。といっても、不意に軽い冗談を投げかけてきたりするときもある。いったい、彼女はどういう女性なんだろう……。そんなことをあれこれ考えていると、いきなり背後で声がした。「コリー？」

振り向くと、コリーンがすぐうしろに立っていた。紙バッグをいかにもだいじそうに胸でかかえている。コリーにはそんなしぐささえもチャーミングに思われた。それがはにかみのポーズなのか、自意識の強さを示しているのか、たしかなことはわからなかったが、ドレスの胸を隠そうとするポーズであるのは明らかだ。

「準備完了かい？」コリーはかすれた声できいた。

「ええ」

コリーはとっさに彼女のバッグに手を伸ばし、支払いの件は口にしないように用心しながら、いかにも美女をエスコートする紳士《ナイト》よろしくうやうやしく腕を差し出した。

「では、ご案内いたします」

二人はすぐ近くに駐車してあった車に乗りこみ、朝食のためにコリーが前もって考えておいた場所へと向かったが、途中でコリーンはなんとなくようすがおかしいのに気づいたらしい。

「もしかして、あなたのお家《うち》？」車が道の突きあたりに近づくと、コリーンは疑問を口にした。彼は自分の家のことを具体的に話してくれたわけではないけれど、たしか静かで、ちょうど異次元の世界に入りこんだようなところだと言ってたわ……。

目の前の家はまさにそんな雰囲気を漂わせ、目に入るものすべてが緑につつまれた豊かな感じがする……生い茂った木々に囲まれているせいか、家自体も自然の一部と見まがうばかりだ。その大きな窓ガラスに新緑の景色と家の別棟が箱庭のように映っている。

静寂、異次元の世界、緑なす館……ああ、なんてすばらしいんでしょう……コリーンは自分を迎えている目の前の光景にふるえるような感動を覚えた。

「君はここに来て以来、会合のたびに最高のレストランで食事をしたから、たまにはこんなところもいいと思ってね」コリーが弁解するように言った。「いずれにしても、飲み物を持っていくのを忘れていたから、一度ここに戻る必要があったんだ」

わざわざここまで戻らなくても飲み物ぐらい買えばいいのに、とコリーンは思ったが、もう来てしまったことだし、さほど気をまわさなくてもよさそうだ。

「それじゃあ」コリーンは車を降りながら、ため息まじりに言った。「ちょっと拝見させていただくわ」きっとすてきな部屋に違いない……彼女は一歩も家の中に足を踏み入れないうちから直感的にそう感じていた。

　中に入ってみると、なにもかもが流れるような感じだった。居間が自然に次の部屋へ、そして隣の部屋からその次の部屋へと流れるように続いている。天井に取り付けられた扇風機から壁へ、壁から革製のソファへ、それから大理石のテーブルへと流れ、最後に磨きぬかれた木の床へと続いている。「どう、気にいった？」とコリーがきいてくる。

「すてきだわ」コリーンは素直に答えた。「それに、しみ一つないわ。きれい好きなのはあなたなのかしら、それとも……」

「それとも、のほうだ。月曜日から金曜日まで家政婦がすべてやってくれる。名前はジヨンテル。週末だけは僕が掃除するけどね」

「自分で掃除するのも、たまには気分転換になっていいでしょう」そう言いながら、コリーンはさっき、ちらっとのぞいたキッチンへと足を向けた。

「私たち、なにを食べるの？」彼女は冷蔵庫を開けてみた。

　コリーは軽く彼女をわきに押しのけて、冷蔵庫の棚から蓋《ふた》つきの容器をいくつか取り出した。「ワッフルにするけど、いいだろう？」

「ええ、あなたが作ってくださるんだから、おいしいにきまってるわ」

「それは食べてから言ってくれよ。でもまあ、とびきりというほどじゃないけど、そこそこいけると思うよ」

ボウルの蓋を次々に開けると、ワッフルの生地、新鮮ないちご、今まで見たこともないほど大きなラズベリー、それに、たっぷりのホイップクリームがそれぞれの容器から現れ、見るからにおいしそうだった。

なにかたりないものがあるのに気づいたとみえて、コリーは容器を順に目で追っていたかと思うと、〝あ、そうだ！〟と言うように指を一本立てて、冷蔵庫の扉を開けた。中から取り出したのはオレンジジュースの瓶だった。

「私はなにをすればいいのかしら？」コリーンはいつもすべて自分でやっているから、たまには人が働いているのを座って見ているのも悪くないと思った。

コリーは引き出しを開けて、玉じゃくしを取り出した。「ワッフル用の鉄板が流しの隣の皿洗い機に入ってるから、取ってくれない？」

「いいわよ」コリーンは身をかがめて鉄板を取り出し、なにげなくそれを見てから、もう一度よく見直した。「これ、なあに？　鉄板にくっついているもの……」

コリーは透かすようにして眺めてから、「しまった……」とつぶやいた。そして、あわてて皿やグラスを取り出し、「ううん……」と絶望的なうめき声をもらした。「また、やってしまったか……皿洗い機のスイッチを入れ忘れたんだ。部屋を片づけたり、ワッフルの用意をするのに忙しくて、すっかり忘れてしまった」コリーはため息をついて、彼女を見た。

「ワッフルの鉄板を皿洗い機で洗っちゃうの？」

「そうだ。だめかい？」

「だめよ」

「どうして？」

「だって、電熱部分がだめになっちゃうわ」

「ああ……」彼はちょっと考えてから、にっこり笑ってこう言った。「だから、スイッチを入れなかったんだ」

「以前に皿洗い機で鉄板を洗ったことがあるの？」

「ない」

「よかったわね。家政婦のジョンテルは手で洗うことを知ってるんでしょうね？」

「さあ、どうかな。覚えておいて僕から伝えるよ」

「まさか、彼女が前に皿洗い機で洗ったなんてことはないでしょうね？」

「いや、この鉄板は買ったばかりなんだ」

「ということは……昨夜、あなたはワッフルを食べたわけ？」

「食べないよ」

コリーンは改めてワッフルの鉄板を見直した。たしかに使われた形跡がある……彼女が不審な目でコリーを見ると、彼は恥ずかしそうに頬を赤らめた。

「実をいうとね、二人で朝食にワッフルを食べようと思ってこれを買ったんだけど、僕一人のときは朝食抜きだから使う機会がなかったんだ。それで、昨夜ちょっと実験してみたんだけど……」コリーはそう言ってまたため息をついた。

コリーンは思わず吹き出した。なんて、かわいい人なのかしら……なにからなにまで男っぽいのに、心はまるっきり少年のままだわ。いかにも悪いことをしたみたいに身を縮ませて……それに、あのがっかりした顔ときたら……。

「大丈夫よ」彼女は鉄板を流しに立てかけた。「今すぐ洗っちゃうわ」蛇口をひねって熱湯を出し、流しの下から洗剤とスポンジを取り出すと、安食堂の皿洗いにでもなったような気持で、コリーンはごしごしと力をこめて洗いはじめた。

考えてみたら、ハンバーガースタンドのような安い店に入ったことはなかったわ。でもしかしたら、案外そういう店では容器や道具をいいかげんに洗うのかもしれないわね……しゃれたフレンチレストランだったら、開店時間前にマネージャーがテーブルを一つ一つまわって、皿やグラスが鏡のようにぴかぴかになっているかどうかをチェックするでしょうけど、ハンバーガースタンドあたりではそんなことするはずないし。だから私はそういうところに行かないのかしら……。

「もうそれで十分だよ、コリーン」

背後から軽くからかうような声が聞こえてきて、コリーンははっと我に返った。「そうね……」彼女はため息をついてから、最後にさっと全体を洗い流して水気をふきとると、鉄板をコリーに手渡した。

彼は新しい鉄板でみごとにワッフルを焼きあげた。

「おいしいわ」コリーンは舌鼓を打ちながら考えた――これはワッフル自体がおいしいのかしら、それともホイップクリームのせい？　いいえ、もしかして新鮮な果物があるからかしら？

コリーンの浮きたつような気分は、食事の後片づけのときも、車でシェルター湾に行く途中も、ヨットに乗ってからもなお続いていた。彼女は太陽に向かってほほえみ、コリーの冗談にも声をたてて笑った。そして、気持のいい潮風に髪をなびかせながら、いつのまにか、自分が今、肩がむき出しになったドレスを着ていることなどすっかり忘れてしまっていた。

しかし、コリーのほうは忘れていなかった。無邪気にはしゃいでいるコリーンの美しさから、彼は一時も目を離すことができないでいたのだ。濃いサングラスで目を隠し、彼女の一挙一動に目を凝らしていると、胸の奥からぞくぞくするような喜びがわきあがってくるのだった。

5

コリーの勘は当たっていた。見かけはとりすましているが、コリーンの中には女の情熱が隠されている。潮風と強烈な太陽に身も心も解放されているせいか、それとも、人《ひと》気《け》のない海に出たことが彼女を大胆にさせているのか、いずれにしても、こうして自由を楽しんでいるコリーンは実にチャーミングだった。

バカンスの話や、ヨットや映画の話など、たわいのないおしゃべりに花を咲かせながら、彼女はこれまでに見せたことのないほど打ちとけたようすでくつろいでいる。いつもの慎重な言葉づかいや、異常なまでの緊張感が消えて、褐色の目をいきいきと輝かせ、自然な笑顔を見せて、ときには声をたてて笑ったりもする。

それればかりか、いつもは背筋を伸ばして膝を固く閉じて端然と座っているのに、今はすっかりリラックスしたようすで脚を組んでいるではないか。ショートパンツ姿ならさぞかしすんなりした格好のいい脚が見られるのにと、コリーは残念に思った。

それに、彼女の腕や手のちょっとしたしぐさもなかなか魅力的だ。ふだんは緊張した姿勢のせいで見落としていたが、今、生き返ったように自由に、しかも優雅に動きまわる手と、ドレスから見え隠れするほっそりした肩が、たまらなくセクシーだ。

それに輪をかけてエキサイティングなのは彼女の胸だった。自分からノーブラをすすめたものの、やせている彼女だからたいしたことはないだろうと高をくくっていたコリーは、目の前でゆれる薄い綿ジャージーの胸元の豊かさにすっかり驚いてしまった。彼女がコーラの缶を足元に置いたとき、ドレスの襟元から豊かなその胸がはっきりと見えたのだ。コリーは思わず彼女を抱き締めたくなった。もし今、彼女に触ったら、たちまち身を硬くしてしまうだろうか……キスを迫っても、きっとそっぽを向かれるだろう……ましてや、君が欲しいなどと言おうものなら、頬に平手打ちをくわされるに違いない。そうなれば、せっかくのいいムードがいっぺんで壊れてしまう……彼は高ぶる気持を抑えて帆を調節することに専念した。

海上での楽しいときはあっという間に過ぎ去り、やがて帰る時間が迫ってきた。あと数時間もすれば、彼女はボルティモアに帰らなければならない。そうすれば、今日という日などたちまちにして過去になってしまう。コリーはそうさせたくなかった。

彼は船底に散らばったポテトチップスやナッツや果物や飲み物の缶を片づけはじめているコリーンの背後に近づき、ためらうような低い声で言った。「コリーン？」

彼女が振り返ると、彼のグリーンの目がいつもと違って暗く沈んでいる。コリーンの背筋をぞくっとするものが走った。「とってもすてきだったわ」彼女はとっさに冗談めかした口調で応じた。もちろんその言葉に嘘《うそ》はなかったが、軽い調子になったのは、その場の雰囲気になにか危険なものを感じたからだった。

実を言うと、コリーが彼女に魅せられていたように、コリーンも彼の存在を全身で意識していたのだ。ロープを手操るときの指の敏捷《びんしょう》さ、帆を調節するときの腕の筋肉、潮風になびく髪、それにブロンズのような長くて格好のいい脚――それらすべてがコリーンの官能を刺激したが、彼女はそんな気持をわきに押しやって、無邪気にヨットを楽しんでいるふりをしていた。

考えてみれば、なんとか平静を保っていられたのは、彼が濃いサングラスをかけていたせいかもしれない……あのぞくぞくするようなグリーンの目が見えないと、彼がなにを考えているかもわからないから、特別コリーだと意識して緊張しなくてすんだのかもしれない……。

しかし今、目の前にいる彼はサングラスをはずして、思いつめたような目で彼女を見つめている。突然、その厚い胸板や、腕の筋肉が現実のものとなって彼女に迫ってくる。コリーンはもはや彼の肉体を観賞している余裕を失っていた。

「空港まで送っていくよ」彼はささやくように言った。

「ええ……」

「いっしょに過ごせて楽しかった……」コリーは彼女に体を寄せた。

彼の魅力にコリーンは言葉もなく、ただうなずいただけだった。こんな気持になったのは初めてだったのだ。

「コリーン……」彼はかすれた声を出し、ためらいがちに彼女の頬を撫《な》でた。太陽でばら色に染められた彼女の頬は、潮風に冷やされて、はてしない空のようになめらかだ。

「いやならそう言ってくれていいんだよ。ほんとはこんなことされるのはいやなんだろう?」

「ええ……」彼女はため息をついたが、その口調はあいまいで、目はなにかを求めるように大きく見開かれていた。

「僕は君好みのタイプじゃないんだね」

「そう……」

「君も僕のタイプじゃない」

「そうらしいわね」

「それなのに、どうして僕は君にキスしたいのかな？」

「それはね……」コリーンはごくりと唾《つば》をのみこんでつぶやくように言った。「二人の間がなんでもないことを確かめたいからじゃないかしら？」

コリーは指で、潮風になぶられたシルクのような彼女の髪を何度も撫であげた。「君はそんなふうに考えているのかい？」

「いいえ、ほんとうはなんにも考えてないの……」

コリーは悲しみと愛情のこもった目でほほえんだ。なんにも考えてない、か……いかにもコリーンらしい答えだ……。「よし、君がなにも考えてないなら、僕のほうは勝手に自分の考えを実行するぞ！」

コリーンは彼の唇に魅せられたまま、頭がぼうっとしてなにも考えられなくなっていた。膝がふるえ、胸が激しく動悸《どうき》を打ち、体の芯《しん》から原始的な欲望がわきあがってくるようだ。

「実行するんなら……」彼女はかすれた声を出した。「……早いほうがいいわ。時間がたつと私の頭が拒否しろと命令しそう……」

「わかった。急いで実行するよ」そう言いながらも彼はまだためらっていた。キスする前にもっとじっくり彼女を味わいたい……彼はその頬のなめらかさや唇のやわらかさを指で確かめながら、額に鼻を押しつけて彼女の甘い香りを吸いこんだ。

やがて、彼の唇がゆっくり下におりて、彼女の唇をさがしあてた。ほのかなラズベリーの香りが男の官能をいっそう刺激する。コリーはじっくりとその香りを味わうように吸いつくして、隅々までくまなくなめつくした。

気がつくとコリーンの体が小きざみにふるえている。それでも彼女は体を離そうとはせず、コリーが意を決して肩口から背中に手を入れ、ぐいと引き寄せても抵抗する気配を見せなかった。すっかり強気になったコリーは、閉ざされた唇を開かせて、燃える舌を差し入れた。

コリーンは必死で歯をくいしばっていた。

コリーは、きれいにそろったラズベリーの種のような小さな彼女の歯を端から端までさぐっては、からかうようにもてあそんだ。

やがて、熱い舌を奥の方に侵入させると、コリーンがびくっと身をふるわせた。彼の腰のあたりにある彼女の両手は、まるで支えが欲しいとでもいうように、きつく彼のTシャツを握り締めている。

コリーンは彼を信じていた。ヨットに乗ったときから、自分の命を全面的に彼にあずける決心をしていたのだ。たとえヨットが転覆するようなことがあっても、私の命はこの人といる限り安全だという確信があった。だからこそ、こうして抵抗もなく彼に抱かれたのだ。

情熱的な彼の舌が深く差しこまれてくると、コリーンの体はふるえるような興奮につつまれ、いつのまにか彼女も、コリーの舌の動きに合わせながら自分の舌をからませて、彼の口をさぐりはじめた。初めはどこかにまだためらいも感じられたコリーンだが、いったん情熱に火がつけられると、せつない吐息をもらして、しだいに大胆になっていく。

「ああ、コリーン……」彼がかすれた甘い声でささやいた。ちょっと火をつけただけで、彼女はこんなにも燃えた……だが、僕はもっともっと燃える彼女が欲しい……コリーはやわらかな彼女の体を狂おしいほどきつく抱き締めた。

閉じられたコリーンの目に口づけしながら、もし、彼女が現実から目をそむけ、盲目的な快楽に身をゆだねようとしているのなら、僕はそんな彼女を喜んで受け入れようと、コリーは考えた。そう決めると、突きあげるような欲望がわきあがってきて、コリーは激しく彼女の唇を求めた。すると、コリーンも情熱的にそれに応《こた》えてくる。たまらなくなった彼は背中にまわしていた手を彼女の喉に這《は》わせ、しだいに胸のあたりまで下げて、両手で豊かな胸をつつみこんだ。

その瞬間、コリーンの口から歓《よろこ》びともため息ともつかない小さなうめきがもれ、わずかに体をふるわせた。コリーが片手にあまるほどの乳房をゆっくりともみしだくようにすると、コリーンはせつなげに息をして、彼の首に両手をまわして、喉元に顔をうずめた。

「君はパーフェクトだ……」彼はそうささやいて、記憶にとどめるようにゆっくりとやさしく指で乳房をたどり、固くなった蕾《つぼみ》を親指で愛撫《あいぶ》した。

コリーンの口から大きなうめき声があがり、彼はあわてて指をとめた。「痛かった?」

彼女はコリーの喉元で息づかいも荒く答えた。「ううん……そうじゃないの……まるで……電流が走ったみたい……やめないで……」

コリーが羽根のようなタッチでもう一度やさしく愛撫すると、彼女は大きい息をして、腰を彼の腰に押しつけた。

それは神が与えた男と女の本能だった。コリーンはその本能に従って、なにげなくそうしただけだったのだろうが、すっかり興奮していたコリーは、これ以上待てない状態になった。

「コリーン?」コリーは彼女の顔を自分の方に向かせると、うずくような欲望でかすれた声を出した。「目を開けて、コリーン。お願いだ……今、僕たちになにが起こっているのか、わかっているのかい?」口調はやさしかったが声は差し迫っていた。

「なあに……?」コリーンはうっとりした声で応えた。

思わずため息をついたコリーは、笑いたいような、泣きたいような気持になった。それでも、しっかりと彼女の顔を押さえ、その目をじっと見て諭すように言った。「僕は君が欲しい。たまらなく欲しい……このままだと、僕たちは最後の一線をこえてしまいそうだ。僕はそうなるのを望んでいるが、君がどう思っているかはわからない……僕は今すぐにでも服を脱ぎ捨てて、君を抱きたい……だけど……その前に君の気持を知りたいんだ」

コリーンは大きく目を見開き、わずかにかぶりを振った。そして、次の瞬間もう一度はっきりと顔を横に振った。

コリーはすぐさまそんな自分に後悔し腹をたてていた。ことここに至って相手の意向を確かめるなんて初めてだった。そのあげく彼女に拒否され、自分の欲望が中途半端な状態におかれたことにも腹をたてていた。

しかし、コリーンはふつうの女とは違うんだ……コリーンはコリーンなんだから……彼女が拒めばどうしようもない……。

「感じるだろう?」コリーは彼女の腰に男の欲望の高まりを押しつけた。

コリーンはびっくりしたように目をまるくしてうなずいた。それを見てコリーは自分の判断が正しかったことをさとった。彼女は、愛情や性を意識していたというよりは、本能に突き動かされていたのだ。コリーはふたたび大きなため息をつくと、彼女を抱いていた腕の力をゆるめ、軽く背中に手をまわしたまま目を閉じた。「君は男の心をためしたんだ」

「ごめんなさい……」コリーンはくぐもった声で答え、体を離そうとした。

コリーはあわてて彼女を抱いている手に力をこめた。「もうちょっと待ってくれ。気持を落ち着けるから……」だが、それはただの口実にすぎなかった。ほんとうは体を離したあとで、彼女の目を見るのがこわかったのだ。彼は低い声で、心をこめてこう続けた。「今、僕たちが交わした情熱は二人にとって必要なもの、成熟した男と女にとっては自然な行為なんだ。でもおそらく君は悩むに違いない。僕は君が悩む姿は見たくない。その茶色の目に、不安や恐れや後悔や軽蔑《けいべつ》の色が浮かぶのは見たくないんだ」

コリーは熱っぽく語りかけた。

「二度とこんなことしたくないと君が望むのなら、それも仕方がない。ただ僕はそのわけが知りたいんだ。女性を相手にこんな気持になったのは初めてだから、どうしても僕はこのままで終わらせたくないと思っている……」

コリーはふるえるようなため息をついた。

「今日はこれ以上なんにも言わずに、持ち物をまとめてヨットを降りよう。空港まで送っていくよ。ボルティモアに帰ったら、あとは君しだいだ」コリーはそこで一瞬口ごもった。今まで女性にこんな言葉を使ったことがなかったから、本気でしゃべっているにもかかわらず、なんだか自分ではないような気がしてくる。「今日の思い出はきれいなままでとっておきたい。なにものにも汚されたくないいんだ。本物かどうかわからないけど、僕たち二人で過ごした今日のすべてが、君にも僕にも意味があったと思いたいんだ。今、僕はかなり気が弱くなっている。どうかわかってほしい」彼はそこで一息ついて、目を堅く閉じ、それからゆっくり開けた。そしてじっとコリーンを見つめながら、「いいね？　けんかも、非難もなしにしよう」と言い添えた。

コリーンは深くうなずいた。けんかする気も、非難する気も起こらなかった。いや、そればかりか、荷物をまとめてヨットを降りる気さえ起こらなかったのだ。体がゴムみたいにふわふわで、酔ったような気分だった。

それでもようやく彼女はヨットをあとにし、黙って空港まで送ってもらうと、彼にほほえみを一つ残して機上の人となった。

ボルティモアに到着すると、コリーンはさっそく空港のトイレに駆けこみ、スカートとブラウスに着替えた。時計を見るとまだ九時になったばかりだ。家に帰ると九時半。祖母のエリザベスは十時まで起きているはずだから、玄関に出て私を迎えようと待っているだろう。

予想したとおり、玄関で待っていた祖母と軽い抱擁を交わしたあと、コリーンはいつもそうするように郵便物を手にしてキッチンへ行き、オレンジジュースをグラスになみなみとついでテーブルの前に腰かけた。

暖かい五月の夜だというのに、祖母はベルベットのガウンをきちっと身にまとっている。シャンプーしたばかりの銀髪を頭のうしろで小さくまとめ、両手を軽く膝の上でそろえた彼女の姿には、まさに王妃のような気品が漂っていた。

「少し日に焼けたようね」祖母が明るく言った。言葉は明るいが、日焼けが肌に悪いと祖母が言いたがっているのを知っていたから、郵便物に視線を落としたまま、コリーンは祖母の目を避けていた。エリザベスはけっして言葉で非難はせず、自分の気持を目で表現するのが常だった。

「そうね……とってもいいお天気だったから。それで、うちのほうは別に変わりはなかった?」

「ええ。木曜日は読書会だったし、昨日は園芸クラブだったの。それから、二階の洗面所の水道が少しもれてたので、今朝、水道屋を呼んで直してもらったわ」

「それはご苦労さま」コリーンはにこりともしないで答えた。かわいそうなお祖母様《ばあ》……水もれや、ドアベルの故障は、まるで彼女の人生を象徴しているみたい……肉体的にも、精神的にも、彼女はもう衰えるいっぽうなのだ。

「ヒルトン・ヘッドではお仕事うまくいった？」と祖母がきいてきた。

「ええ。ほとんど地元の人との話し合いで時間がつぶれちゃったけれど、とても有益だったわ。おもしろいプロジェクトになるんじゃないかしら」おもしろいのはプロジェクトばかりではなかったのだが、今コリーンはそれについて考えたくなかった。

彼女は立ちあがって引き出しからナイフを取り出すと、妹からの手紙の封を切った。

「先月から数えてもう三通目になるんじゃないの？　ロクサーンからの手紙は。毎週一回電話をかけてよこしながら、そのうえなぜ手紙なんか書き出したのかしらね？」

「書く練習をしたいと思ってるんでしょう」それに、きっと憂さ晴らしと、暇つぶしを兼ねているに違いないわ。相変わらず彼女の周辺はトラブル続きらしいから……。

「あら、学校に行ってたころは、文章を書くことなんかにぜんぜん興味を示さなかったのに。でも、ようやく書くことの大切さに目覚めてくれたのならけっこうなことね。電話よりお手紙を書くほうが数倍も上等ですもの。それに費用も安くてすむし。あの子もニューヨークなんかじゃなくて、ここに住んでいればいいのにねえ」

「だってニューヨークにはフランクがいるんだから、無理よ」コリーンは諭すように言った。「彼はロクサーンと出会うずっと前からニューヨークに住んでいたのよ。それに、ニューヨークといっても、そんなに遠いわけじゃないわ。ひとっ飛びすれば、ランチだっていっしょにできるんですもの」

「だめ、だめ、私は飛行機は大の苦手。それに、パイロットにはアル中が多いんですって。無事、目的地に着くかどうかあやしいものだわ」

「そんなこと言っても、何百万という人が飛行機を使ってるのよ」

「いえ、いえ、私はここから動きませんからね。ランチをいっしょに食べたいんなら、ロクサーンのほうから来ればいいんだわ」

コリーンはこのとき初めてエリザベスの顔を見た。口調は楽しそうだが、その目は悲しみの色を宿している。

「ロクサーンは帰ってきたくないわけじゃないのよ、お祖母様」コリーンはなぐさめるように言ったが、それがむなしい言葉にすぎないとわかっていた。「ジェフリーの世話で忙しいし、それに、いつも仕事のことでフランクに引っぱりまわされているから……」

「そうならいいんだけど……あなたも知ってるように、どういうわけだか私とあの子はうまくいかないのよ。母親のセリースによく似ているせいかしらね。なにしろセリースにはてこずらされたわ。ロクサーンはいちおうちゃんとした人と結婚はしたけれど、正直言って私は式の直前まで、彼女の結婚がとりやめになればいいと願ってたのよ」

　コリーンは祖母がなにを言いたいのかわかっていた。しかし、祖母はロクサーンの手紙を読んでいないから、彼女が今かかえている問題はわかっていないのだ。フランクは仕事と家庭との区別ができないため、夫婦間にトラブルが絶えず、妹一家はまさに家庭崩壊の寸前まできていたのだ。

「でも、あなたは正反対なのよ」エリザベスは目をなごませた。「まるっきり私と同じ。つくづくあなたがセリースとアレックスに似なくてよかったと思うわ」

「あら、私の髪と目はお母様似よ。鼻はアレックスに似ているけれど」コリーンは自分の小さな鼻を指さした。

「だけど、考え方や性格は私にそっくりでしょう。そこが肝心なところなのよ」エリザベスは一瞬口をつぐんだ。「ところで、最近セリースからお手紙はきた？」

「先月もらったわ。でもお祖母様もあの葉書、見たでしょう。お母様はまだドゥブロブニクにいるらしいわ」

「あんなところでなにをやっているのやら……あの子のことは私にはなにもわからない

わ……」

「浜辺がすごくきれいなんですって」

「だれといっしょに行ったかは書いてなかったんだろう?」

「ええ」

「アレックスといっしょだってことはまずないと思うわ」

コリーンは、祖母がさっきから少しも変わらぬ落ち着いた静かな声で話しているのに感嘆していた。自分にはとうていまねのできないことだ。「アレックスはまだパリにいるんじゃないかしら。お母様はパリで公爵か伯爵に出会って、二人で旅をしているらしいわ」

「だれが費用を負担しているのかしら?」

「きっといっしょに行った公爵か伯爵よ。それでおたがいにあきたら、またパリのアレックスのところに戻るつもりでしょう」

エリザベスは首を振った。目の中の悲しみの色が濃くなってきた。「まったく変な夫婦だこと。別れたりくっついたり、あちこちふらふらと旅をして……でも、そのうちあの二人も娘といっしょに暮らしたくなるときがきっとくるわ」

「そんなことないでしょう。どうしてそう思うの？」

「だんだん年をとってくるとそうなるのよ」

コリーンは思わず笑い出した。「年をとる？　いやだわ、お母様はまだ四十七歳よ。アレックスだって四十八だから、過去を振り返る年じゃないわ。それに二人とも一生私たちのもとには帰ってこないと思うけど」

「なんてことかしらねえ……ジェフリーの顔も一度見たっきりで……それもたまたまあの二人がニューヨークに立ち寄ったついでにですものね。あなたのお仕事にだって興味がないのかしら。私はとってもいいお仕事だと思っているのに」

「それはお祖母様だから、そう思ってくださるのよ」コリーンはやさしいほほえみを向けた。でも、もう両親の話はたくさん。つい最近までは二人が帰ってくるのを心待ちにしていたけれど、もう私は大人だし、精神的に独立したのだから、いまさら両親なんかいらないわ……。息をつめるようにして待ちこがれたのはとっくの昔のことなんですもの……。

コリーンは立ちあがって、流しでグラスを軽くゆすぐと、それを皿洗い機の棚に置いてから、エリザベスを振り返った。「さあ、そろそろ休みましょうか」

「そうね」祖母はまだ話したいようすだったが、しぶしぶコリーンにキスした。「じゃあ、おやすみ」

「おやすみなさい」

コリーンは二階にある祖母の寝室のドアが閉まる音を確かめてから、キッチンの明かりを消し、手にロクサーンの手紙を持ったまま、階段を上がって自分の部屋へ入った。部屋も、家の中も、祖母も、すべていつもと変わりないのに、コリーンにはなにかが違って見えるような気がした。彼女はロクサーンの手紙をドレッサーの上に置き、脱いだ服をきちんとクローゼットにしまうと、バスルームに行ってシャワーを浴びた。そして、いつものように右側にかかっているタオルで体をふき、寝室に入ると、いつものようにベッドの左から毛布をめくって、もぐりこむ前に目覚まし時計をセットした。

眠る準備が整ったのに、コリーンはなにか忘れ物をしているような気がしてならなかった。寝室の中を見まわしてみて、ふと旅行鞄《かばん》が目にとまった。彼女はしばらくそれを見ていたが、やがてゆっくり手にすると、ベッドの上で開けてみた。

それはまさにパンドラの箱だった。コリーンの思いと情熱がぎっしりとつまっていて、開けたとたんにそれらがいっきょに飛び出してきたのだ。あれがわずか半日前のことだったの？　信じられないわ……まるで、遠い昔のことみたい……。

仕事に関しては非常に精力的に動きまわったので、実のある情報が得られ、満足できる成果があったと思っている。しかし、仕事以外のこととなると、はるか昔の出来事ではなかったかという気がして仕方がない。コリーンは、あの朝早く、彼から電話がかかってきたときのことを思い浮かべてみた。すると、たちまち彼の思い出が次々と鮮やかによみがえってくる。ベッドに横になってじっと天井を見つめていると、彼女の頭の中はコリーのことでいっぱいになった。すると頬がほてり、胸がどきどきしはじめて、いつのまにか唇は半開きの状態になり、目はうっとりと夢見心地になった。

コリーンは目を閉じて大きなため息をついた。なにかが変わったと思っていたけれど、変わったのは私だったんだわ……知りたいとも思っていなかった自分の心の真実を、私は今日やっと知ったんだわ……。

〝あなたがセリースとアレックスに似なくてよかった〟と祖母は言ったけれど、もしかして、私は両親の血をそっくり受け継いでいるのかもしれない……。

思えば、キスを交わし、おたがいの体をまさぐり合ったあとで、私は自分からキスを求めていたんだわ……たしかに私はあの瞬間快楽を感じていた……男性に触られることが自分にあれほどの快感をもたらすとは今日までまったく知らなかったのだ。それを私は今までかたくなに拒んできたのだから……。

でも、今は違う。そう思うと、コリーンは自分がこわくなってきた。コリーなんか好きになりたくなかったのに……彼に惹《ひ》かれるなんてありえないと思っていたのに……。もし、あのとき彼が途中でやめなかったら、私はどこまでも彼を求めつづけたかもしれない……そして、私たちは最後の一線をこえていたに違いない。もしそうなっていたら、私は明らかに母の血を受け継いでいることを認めざるをえなかっただろう……。

でも、私はセックスそのものが悪いと思っているわけではないのだ。トムやリチャードとなら性的交渉を持っても別にかまわないと思う。彼らとなら、自分の行為をちゃんと自覚したうえで行動できるだろうから。だけど、コリーだけは別だ。彼に見つめられると、魔法にかけられたようになってしまうし、彼に抱かれると、どこまでもおぼれてしまいそう……。

ちょうど、母がアレックスにのめりこんだのと同じように、私はコリーにおぼれているんだわ……今まで私は、なにかに対して盲目的になることなんてなかったのに。何事にも冷静に対処し、自分を完全にコントロールしてきたのに……。ああ、その自信が今日でまったく崩されてしまった。ヒルトン・ヘッドに行きさえしなければよかったのだろうか？　いや、この問題はすでにヒルトン・ヘッドへ行く前から用意されていたのだ。

コリーンはのろのろベッドから出ると、ドレッサーの引き出しを開け、コリーから贈られた一ドル札を取り出した。あのとき、彼女はそれを十六枚にちぎって捨てようとしたのだったが、思い直して今ではテープできれいに貼《は》り合わせてある。彼女はそれを片手で持ちあげ、指ではじいてみた。そうしてコリーンはドレッサーの上で両手を組み合わせ、深くうなだれた。

次の水曜日までコリーンの心は落ち着かなかった。コリーからなんの連絡もないので、半分ほっとしていたものの、あとの半分は怒りを感じてもいた。ヨットの上で私を抱き、二人の関係をこのままで終わらせたくないとまで言ったのだから、彼からなんらかの連絡があってもいいのではないか。もし、彼の言葉があの場限りのものだったとすれば、その言葉を信じ、彼にのめりこみそうになっている自分がみじめで腹だたしい。しかし一方では、コリーから依頼された仕事をしているにすぎない、という思いもあった。さんざん考えたすえに、コリーンはとうとう木曜日の朝、自分のほうからコリーに電話を入れた。

　ところが彼は出張中で、来週の月曜日まで帰らないという。秘書は、伝言があれば伝えると言ってくれたが、コリーンはまた電話をすると言って受話器を置いた。月曜日まででいないですって？　そんなのないでしょう……せっかく人が思い切って電話をしたというのに……。

　でも、仕方ないわ。私のほうだって仕事の忙しさを考えれば、じっとコリーのことを考えている暇なんてないはずよ……コリーンは邪念を振りきるように仕事に没頭した。

　お昼近くなって、クライアントと電話で話をしながらふと目を上げると、なんとオフィスの入り口にコリーが立っているではないか！　一瞬、自分は幻影を見ているのではないかとコリーンは思った。

「はい、ミスター・チミノ、その件は終わっております」コリーンはデスクのファイルに視線を落としながら言った。「最後のアンケートが終了し、ただいま分析に入っているところです」彼女はふたたび目を上げた。コリーは同じ姿勢でこちらを見つめている。

「はい、その点は十分に心得ておりますが、なにぶんこちらも大量の書類を分析しなければなりませんので……」コリーンはまばたきをして目を上げると、今度は自分を見つめている彼の視線にじっと耐えた。「あと一、二週間はいただきたいんです……そうですね、六月の中ごろということでいかがでしょうか……ええ、そうです……それでは次の打ち合せの準備ができましたら、こちらからお電話を致しますので」彼女はうなずきながら相手の言葉を聞いていた。「けっこうです。それではまたそのときに。じゃ、これで失礼いたします」

コリーンはゆっくり受話器を置き、散らばった書類をまとめてファイルを閉じると、椅子の背にもたれてまっすぐにコリーを見た。彼の出現を予期しておくべきだったわ。前にもこんなことがあったのだから……。

「忙しい？」コリーがきいた。

「ええ」とコリーンが答える。

「入ってもいいかな？」

コリーはクライアントの一人だから、いやとは言えない。彼女は仕方なく自分の真向かいの椅子に座るよう促した。コリーンは緊張のあまり思わず膝の上で手を固く握り締めたが、二人の間にデスクがあるので多少は安心だった。

「電話もしなくて悪かった」コリーも緊張した面持ちで言った。「何度か電話しようと思ったんだけど、断られるのが心配だったんだ」

「心配なんかご無用でしょう。うちの大切なお客様ですもの、いつでもお電話くださっていいんですよ」

「僕は仕事のことなんて頭にない」

「私は仕事を優先させているの。実を言うと、昨日オフィスに電話をしたんですけれど、いらっしゃらなかったわ」コリーンはくるっと椅子の向きを変えて、デスクの上にあったファイルを書類棚に返し、かわりにもう一つのファイルを取り出した。「いちおう、正式のプランを作成して、アンケートの準備をしておきました。次のプランに移る前に、検討していただかないと……」

「コリーン、この間は楽しかった。あれ以来会いたくてたまらなかったよ」

コリーンは軽く咳《せき》ばらいをした。「帰ってから思いついたんですけれど、割引クーポンを発行するというのはどうでしょう?」

「あの日、君の飛行機が離陸するのをずっと見送りながら僕は……なんていうのかな……ちょっと言葉に言い表せない感情を味わっていたんだ」

「調査の費用を細かく計算しなければいけないんですけれど、この間お会いしたみなさんも費用を負担してくださるんでしょう？」

コリーはじっと彼女を見つめたまま椅子から身をのりだした。グリーンの目がこれまでにないほど深い色をしている。「今夜、僕といっしょに食事をしてほしい」

コリーンは小さく息をのんだ。「午後からいろいろと打ち合せがあるんです」

「僕もこの町での会議をいくつもかかえている。しかし、君と食事の約束ができなければ、そんな会議なんて出席する気にもならない」

「でも……なるべくなら、遠慮したいんです」

「どうして？」

「オフィスで働いているほうが楽だから……」

「僕は働きたくないな。君と話をしていたい」

「私はそうじゃないの」コリーンはためらいがちに言った。

「僕がこわいのかい？」

「ええ」

「緊張する？」

「ええ」

「考えたくないと思っていることを、いやでも考えさせられてしまうからかな」

コリーンはちょっと口ごもってから、また「ええ」と答えた。

コリーはどっと椅子の背にもたれかかって、つぶやくように言った。「君は正直な人だ」その目が悲しそうにかげっている。「この間のことを後悔してるんだね？」

一瞬、コリーンは心の中で後悔なんかしていないと叫んだ。だが、知らず知らずのうちにうなずいていた。

「なぜだか教えてくれないか？」

「ただ……なんとなく悪いことをしたような気がして……」

「あのときはそう思わなかったわけだね」

「あのときはなにも考えられなくなっていたの……」

「考えるより、どう感じたかのほうが大切じゃないかな」

「いっしょに考えることが大切でしょう」

「でも、人生はいつもそうはいかないさ」

「それはわかってるわ。だからこわいのよ」

コリーはまた身をのりだして、静かだが熱意にあふれた声で言った。「だけど、僕といる限り、こわい思いはさせない。わかるだろう。僕たち二人でいるのはすごく自然なような気がするけどな」そこでコリーは考えをまとめようとして軽く眉を寄せた。「君のせいで、僕は少し弱くなり、僕のせいで君は少し強くなっている。僕が妥協しているように聞こえるかもしれないが、僕はちっともそうは思っていない。むしろそれが僕にとって心地いいんだ」

コリーンはじっと彼の目に見入った。

「僕は長い間、君をさがしつづけてきたような気がする」彼は自分の正直な心を打ち明けた。

「でも、その言葉がお芝居の台詞《せりふ》のようにしか聞こえないのはなぜ？」

「使い古された言葉だからかな。しかし、その中にはきっと真実が隠されているはずだよ」

「でも、なにか目的が隠されている場合もあるわね」

「僕が君をもてあそぼうとしているとでも思っているのかい？」

「あなたは……」コリーンはささやくような声で言った。「私が敏感だということをもう知っているでしょう」

「ああ、知ってる。君はその敏感な部分に鍵《かぎ》をかけて開けようともしない」

コリーンは自分の手に視線を落とした。さっきからこぶしを固く握り締めている。

「今までそれでうまくやってきたわ」

「じゃあ、なぜ、今になって失敗したんだ？　いや、失敗というのは適当な言葉じゃなかった……君はなにも失敗なんかしていないんだから。こう言い直そう。なぜ、僕といるとその部分がいっそう敏感になるんだい？」

「わからないわ」

「すばらしいじゃないか。それは君が情熱的であるという証《あかし》なんだから。とても人間的なことだと思うけど」

コリーンはぱっと目を上げた。「私はいつだって情熱的で、人間的よ。セックスだけが人生じゃないわ」

「惹かれ合う男と女にとって最高にすばらしいものじゃないかな。そんなに否定しなくてもいいだろう。せっかくさっきまで正直な気持を話してくれていたんだから」

コリーンはデスクの上の書類に目を落とした。「私たちの関係は仕事だけに限ったほうがよさそうね」

「なにを言ってるんだ！」コリーはできるだけ冷静に話していたが、とうとう我慢ができなくなった。「僕たちはもう仕事をこえた関係になってしまっている。いまさら後戻りなんかできるものか！」

「じゃあ、このプロジェクトはほかの人に担当してもらいましょう」

「それはだめだ！」コリーはさっと立ちあがって、オフィスの中を行ったり来たりしはじめた。「だいたいこのプロジェクトは君を念頭に置いて考えたものなんだ。そんな〝傷ついた乙女〟みたいな目つきをしてこっちを見たってだめさ。僕たちは、とっくにそれ以上の関係になっているんだからね」彼はコリーンの前に来て立ちどまると、デスクの上に両手をついた。「ほんとのことを知りたいかい？　じゃあ、言おうか。僕はこの調査をやりたいし、この結果が非常に役にたつことも確信している。しかし、それ以上に、僕は君について知りたかったんだ。君が僕と個人的に会ってくれないとわかったとき、仕事を依頼すれば会えると思ったんだ。そして、このアイディアは先週の土曜日まではうまくいっていた。ところが、実に思いがけない事態になってしまったんだ。僕は君を誘惑するつもりでヨットに誘ったわけじゃない。ところが誘惑されたのは、実は僕のほうだった」

「私はなにも……そんな……」

「もちろん、意識して君がそうしたんじゃないことぐらいわかっているさ。君に僕をもっと知ってもらいたいと思ってヨットに誘ったというところまでは大成功だった。いっしょに笑ったり、おしゃべりしたり、ほんとうに楽しかった。君は僕が最初からキスしたり、抱いたりするつもりで誘ったんだと思っていたのかい？」

そう口にして、コリーはすぐに後悔したが、コリーンの目に否定の色が浮かんだのを認めて、逆に勇気づけられた。

「だろう？　そうじゃなくて、もっと深い、意味のある時間を過ごしたかっただけなんだ。でも、一つだけ悔やんでいるのは、君を不安にさせてしまったということだ」コリーはそこで一息ついて、さらに続けた。「あのとき、僕は気弱になってると言ったよね。その後、どうしてそんな気持になるのかをじっくりと考えてみたんだ。君に初めて会ったとき、僕はすぐ君に惹かれた。君の静かな口調は、とても冷静で威厳さえ感じられた。今までの女性とまったく違ったタイプなんだ、君は。そればかりか、知り合ううちに、君のユーモアのセンスにも気がついてきた。とくに、君が笑ってくれたときは天にも昇る気持になったものだ。それに、ヨットの上で君が心を開いてくれたとき、僕はこう考えた。今まで僕は鳥のように自由だと思っていたが、実はそうではなかったんだって。ただ、ふさわしい女性をさがし求めて、いたずらに時を過ごしていただけなんだと。陳腐な言い方かもしれないが、もう僕は君に夢中らしい」

　コリーンは大きく目を見開いた。「そんな……」

「君がどう思おうとも、僕のこの気持を変えることはできない」コリーはそこでまたしても大きく息を吸った。そして「それだけだ、僕が言いたかったのは」と言って、髪をかきあげると、ドアの方に向かったが、戸口で振り返った。その顔はひどく疲れているように見えた。「今夜、八時に〈レストラン・モンタギュー〉にいる。もし君が来なければ、僕はきっぱりとあきらめるよ」

　コリーが行ってしまうと、コリーンは不意にどうしようもない無力感に襲われた。

6

コリーンは八時きっかりに〈レストラン・モンタギュー〉のドアを開けた。何人かの客が入口で待っていたが、コリーの姿はどこにも見あたらない。彼女は待っている客の前を遠慮がちに通り過ぎて、支配人のところに近づくと小声で言った。「コリー・ヘラディンという方とここで会う約束になっているのですが、もういらしてますでしょうか?」

「コリーン・フリモント様で?」彼女がうなずくと、支配人はほほえんで、「どうぞ、こちらへ」と先に立って歩き出した。

案内されたのは隅のテーブルで、コリーは彼女を目にするや、さっと立ちあがった。だが、コリーンは一瞬その場で立ちどまった。自分が来たので彼が勝ち誇った顔を見せるのではないか、と警戒したのだ。しかし、そこにはいつもと同じ、日に焼けたハンサ

ム な顔があるだけだった。「飲み物はなにがいい？」コリーンが椅子に落ち着くとすぐ、彼がきいた。

「そうねえ、白ワインをいただこうかしら」

コリーはさっそく近くのウエイターを呼んでシャブリを注文し、それから両腕を軽くテーブルに置いた。ちゃんとスーツに着替えてきている彼を改めて見て、コリーンは悔しかった。自分はオフィスから直接駆けつけてきたため、着替える暇がなかったのだ。それればかりか、彼はひげも剃《そ》ってきているし、ネクタイの結び方も非の打ちどころがないほど完璧《かんぺき》だった。

「ありがとう」コリーはじっと彼女の目を見つめたままつぶやくように言った。「実は来てもらえるかどうか、自信がなかったんだ」

コリーンはその目を避けて、グラスの水に浮いている氷に視線を落とした。二人の間には張りつめた緊張感が漂っている。「私がここに来たのは、説明しておきたいことがあったからなの」

「なぜ僕たちの関係を、仕事上だけにとどめておきたいかについての説明かい？」

「そうじゃなくて、なぜ、私がこんな人間になってしまったかについてよ」

「ぜひ聞かせてほしいな」コリーはやさしく言った。

すでに覚悟を決めてきたコリーンは、皿の横に置かれたぴかぴかのナイフに視線を落としたまま、思い切って話しはじめた。「実は、私の父は一人っ子でね。十六歳のときに両親が亡くなって、かわりに莫大《ばくだい》な財産が手元に残されたの。もともとアレックスは――父のことだけど――子供のときから奔放なところがあったうえに、突然遺産が転がりこんできたものだから、学校も途中でやめて家を出てしまったわ。遺産の利子だけで十分暮らしていけるから、卒業する必要などないと思ったのね」

「そういえば、フリモント家って、どこかで聞いたことのある名前だな」

「銀相場に手をそめた人なら知っているかもしれないわね」コリーンは人さし指でナイフを軽くたたいた。「祖父はそれで巨万の富を築いた人なの。でもアレックスが銀相場に興味がなかったため、祖父は自分が死んだあとのことを心配して、投資していた銀を全部売り払って、そのお金を別の投資にまわしたのよ。アレックスがそこから生まれる利子だけしか使えないようにね」

「それだけでも十分だったんだろう?」

「十分すぎるほどだったらしいわ。だから、アレックスはあちこち旅をしたり、夜ごとにパーティを開いては、ぜいたく三昧《ざんまい》の日々を送ったんですって。彼が母に出会ったのは祖父が亡くなった一年後のことで、もともと母の家はそれほど裕福ではなかったし、母はアレックスと結婚することで、息づまるような厳格な家庭からともかく脱出したかったみたいなの」

「二人は愛し合っていたんだろう？」

「その当時の二人の年齢では、愛がどんなものかよくわからなかったでしょうね」

「二人はいくつのときに結婚したの？」

コリーンはちらりと彼を見て、恥ずかしそうに口ごもった。「……私が生まれたとき……母が十七で、アレックスが十八だったの……」

「家庭を持つにはちょっとばかり早すぎる年齢だね」

そのときウエイターがワインを運んできた。コリーンはこれで少しはリラックスできるかもしれないと思って、さっそく一口飲んだ。「経済的にはなんの心配もないものだから、二人はそれこそ自由奔放にふるまって、子供にしばられるのをひどくいやがったの」

「じゃあ、なぜ子供なんか産んだんだろう？」

「さあ……大人たちに挑戦したかったのかしら。とにかく一度、種族繁栄のための責任をはたせば、あとは自由になれると思ってたみたい」

「で、だれが君の面倒をみたんだ？」

「母方の祖母がすべてを引き受けたというわけ。私が一歳のとき妹が生まれたから、祖母は二人の乳飲み児《ご》を世話しなければならなかったの」コリーがびっくりしたような顔をしたので、コリーンはあわててこう付け加えた。「でも、そのとき祖母はまだ三十六歳で十分若かったから、むしろ喜んで引き受けたらしいわ」

「へえっ、たいしたものだね。君のお祖母《ばあ》さんって」

「ひどく几帳面《きちょうめん》で独善的な人だけれど……そう、たいしたものよ」

「それで、ご両親は君たちをお祖母さんに預けてなにをしてたんだい？」

「好き勝手なことよ。旅行しては遊びまわってたわ」

「でも、しょっちゅう子供たちには会いに帰ってきたんだろう？」

「とんでもない」苦い思いがコリーンの声をけわしくさせた。「子供を産むという責任ははたしたし、お金は十分あるし、信頼できる世話係がいるんですもの。わざわざ子供を見に帰ってくる必要なんかなかったのよ」

「でも、親って、そういうものじゃないと思うけどなあ」

「あなたや私ならそう思うわね。でも、うちの両親は違ってたの。たまに旅の途中で立ち寄ることもあったけど、ほんのちょっと私たちをあやすだけで、すぐにまたいなくなってしまったそうよ」

コリーは自分の両親を思い出した。考えてみれば、物質的には十分とはいえなかったが、そのかわり、彼らはいつもそばにいて、たっぷりと愛情をそそいでくれたものだ。

「じゃあ、君はつらい思いをしたんだね？」

コリーンは肩をすくめた。「でも、祖母がベストをつくしてくれたから」

「そのとき、君のお祖父《じい》さんは？」

「もう亡くなってたわ」

「じゃあ、お祖母さんと君たちの三人で住んでたわけだ」

「ええ」コリーンはそれだけ答えると、わずかに眉を寄せた。

「君はそんな境遇をどう思っていたんだ？」

「そりゃあ、心の中では怒っていたし、傷ついてもいたわ。でもそれを表面に表したことはなかったの。祖母は祖母なりに、一生懸命いい母親の役をはたそうとしているのがわかっていたから。そしてその点では、祖母もある程度成功したと思うの。だけど、とにかく頑固で、命令ばかりしてるような人だから、彼女の気にいるような子供でいるのは大変なことだったわ。私はおとなしく彼女のやり方に従ったけれど、妹のロクサーンはいちいち反抗して、そのたびに私が仲裁に入ったものよ。でも、さすがにいやけがさして、私も母のように家をとび出そうかと思ったときもあったわ。だけど、祖母には恩義があるし、ロクサーンを見捨てるわけにもいかなかったから、結局は思いとどまってしまったの」

「そういうとき、さっさと責任を回避して家をとび出す娘が多いものだけどね」

「ええ。でも私は逆に責任を感じてしまう性格なのね。だからそのときに、私は決して両親のように享楽的な生き方はすまいと固く決心したのよ」

「ご両親はまだ健在なんだろう?」

「ええ、相変わらず遊びまわってるわ」コリーンは視線を上げて彼を見た。「まだまだこれからいやな話になるんだけれど、それでも聞いてくださる?」

コリーはこれ以上ないほどやさしいほほえみを浮かべて、「君は言いたくないだろうけど、僕はぜひ聞きたいね」と言った。

コリーンは思わず相手がたじろいでしまいそうな目でじっと彼を見つめ、思い定めたように話を続けた。「両親にはまったく貞操観念が欠如していて、そのときの気分で次々と相手を換えてきたの。今、母はクロアチアで憧《あこが》れの男性といっしょにいるけれど、アレックスはパリなの。彼も新しいパートナーといっしょにいるのは間違いないわ」

コリーはたじろぎもせず、落ち着いた声できいた。「君はなぜお父さんをアレックスと呼ぶんだ？　お母さんはちゃんと母って言ってるのに」

「祖母のためなの。でも、もしかしたら母のためにそう言っているのかもしれないわ。少なくとも母は私を産んでくれたんだから、父親よりはずっと気持のうえでは近いんでしょうね……」

「まさか、それで君は男性とのセックスに敵意を抱いているわけじゃないんだろうね？」コリーはからかうように言った。

しかし、コリーンはとても笑える心境ではなかった。いちばん説明しにくい微妙なところに話は差しかかっているのだ。「私はなにもセックスに敵意を抱いてるわけじゃないわ。ただ、両親が考えもなく子供を産んだのは間違いだったと言ってるの。親としての責任をはたさないのなら、子供を産むべきじゃなかったんだわ」

「それで、君はどうなの？　自分のことはどう思っているんだい？」

コリーンはワイングラスの脚を握ったまま、じっと黄金色の液体に見入った。「私は享楽的な人間ではないし、お尻の軽い女でもないわ……それに、いつも良識に従って暮らし、仕事に励んでいる。着実で、安定した人間なのよ」彼女は目を上げて彼に視線を移すと、熱をおびた声で続けた。「私はその安定を失いたくないの、コリー。これからも安定した家庭を作り、生涯落ち着いて暮らせる大地のような場所が欲しいのよ」コリーンは一息ついて、さらに続けた。「でも、あなたは違うわ。あなたは私よりずっと衝動的で、スリルに富んだ人生を望んでいるでしょう。そこが私にはこわいの」そう言って彼女はまた視線をそらした。「それに、あなたといっしょにいると、気が動転して自制がきかなくなる自分がこわいのよ。私にも母と同じ血が流れているんじゃないかと思って……」

コリーは思わず彼女の手を取って両手でやさしくつつみこんだ。小さくて、いかにも弱々しい手だ。「君はお母さんとは違うよ、コリーン」

「でも、この間ヨットの上では同じだったと思うわ」

「それは違う。だれでも感情が高まったら同じようにするさ。君のお祖母さんだって、なにもないところからお母さんを産んだわけじゃないんだからね。お祖父さんに対してなんらかの感情の高まりがあった結果だろう」

コリーンは困ったような笑いをもらした。「祖母とセックスの関係なんて考えたこともなかったわ」

「僕はセックスそのものの話をしているんじゃない。たしかにセックスは男女関係の一要素ではあるが、それだけで二人の関係を維持していくのはまず不可能だろう。考えてごらん、先週いっしょに過ごした四日間を。僕たち仲よくやってたじゃないか」

コリーンは一方の肩をすくめてしぶしぶ答えた。「たしかにけんかはしなかったわね」

「仕事に関しても実にうまく息が合ってた。地元の人とのミーティングのあと、僕の思っていたことと君の意見はぴったりと一致したじゃないか」

「でも、あなたと私は根本的に違ってるわ」

「そんなことどうしてわかる？　最初の印象にこだわってるだけだろう。僕とかかわるのがこわいんだな」

「そうよ！」コリーンは叫ぶように言った。

コリーは両手でつつみこんだ彼女の手を胸に引き寄せた。「そんなにこわがっていないで、もっと心を開くんだ、そして何事にも好奇心を持たなきゃ。そうでないと、もう僕はヨットでのように君に触れることもできないじゃないか」そのとき急に引っこめようとしたコリーンの手を、彼はいっそう力をこめて握り締めた。「体だけじゃないんだ、僕が求めているのは。君の心が欲しい。そして僕をもっとしっかり見てもらいたい。君が思ってるような男かどうか。君は第一印象だけで僕を悪い男だときめつけているんだ」

「悪い男だなんて思ってないわ」コリーンはつぶやくようにそう言うと、視線をそらした。

「でなければ、自分にふさわしい相手ではないと思ってる、そうだろう？」

コリーンは黙ってうなずいた。

「コリーン、僕の目を見てくれ。お願いだ」彼は懇願するような声を出した。

彼女はゆっくりと目を上げて彼の言葉を待った。

「いいかい、もし僕が結婚を申し込んだら君はどう思う？」

コリーンは、二、三度まばたきをして、「……愚かな人だって思うわ」と答えた。

コリーはうつむいて苦笑しながら頭を振った。「君はまったくおもしろい人だ。僕は生まれて初めてプロポーズしたのに、愚か者呼ばわりされてしまったというわけか……」

「あら、今のはプロポーズじゃないわ。仮にそう言っただけでしょう」

「そう聞こえたかい？」

「そうよ。私たちおたがいをまだあまり知らないし、あらゆる点で違いすぎているんですもの」

「そう思ってるのは君のほうさ。僕はそうは思わない。それに、違っていることは必ずしも障害にならないよ。もし、同じだったら、逆にずいぶん退屈な人生になってしまうだろうな」

「私は退屈な人生が好き。確実で予測のつく人生が」

「でも、ヨットの上の君は実にいきいきとしていた。あんなに自由な君を見るのは初めてだったよ」

「あのときはただ自分を見失っていただけ……」

「コリーン、僕は必ず確実で予測のつく人生を約束する。君の望む家庭と経済的保証も約束する。ただ僕はビジネス旅行が多いから、いつも同じベッドで寝るわけにはいかないけど、子供ができたら、家庭に腰を落ち着けたいと思ってるんだ」

「ウエイターが早く注文をとりたがってるみたいよ……」

「家庭に忠実な夫になると約束するから」

コリーンは疑わしそうな目を向けた。「コリー、この話、ほんとに真剣に考えたすえのことなの?」

「もちろんさ」

「今日、本気でプロポーズするつもりで、私をここによんだの?」

「それは……まだ君が来てくれるかどうかもわからなかったから……それに、来てくれたとしても、水をひっかけられて、二度と会いたくないと言われるかもしれないと思ってたし……」

「そうでしょう。男の人は決して衝動で結婚を申し込んだりしないわよね」

「いや、そこが君の間違ってるところさ。男は今まで感じたこともないなにかを相手に感じたら、衝動的になることもあるんだ」

「でも、それが正しい決断かどうかを見きわめないと……」

「それは直感的にわかる。コリーン、信じてくれ、僕は君と結婚したいんだ」

彼女は握られていた手を引っこめようとした。「そろそろオーダーしたほうがいいわ」

「僕と結婚してくれるかい？」

「これ以上ウエイターを待たせたら、追い出されるわよ」

「結婚してくれるんだね？」

「私の分、オーダーしていいかしら」

「コリーン……」

彼女は目を閉じて大きくため息をついた。「コリー……私は今、混乱しているし、とにかくとても不安なの」

「不安か……それはよくわかる。じゃあ、その不安を消すために僕がどうすればいいかを教えてほしい」

彼女はふるえる声で言った。「……その手を放して」

「ごめんよ……だけど僕はこうして君に触れていたいんだ」

「お願い、コリー」今度はコリーンが懇願した。

「オーケー」やっと彼は握り締めていた手の力をゆるめたが、放す前にすばやく彼女の手にキスした。

コリーンはすぐにメニューを広げたものの、なぜか手がふるえて仕方がない。「なんだか、持っていられないわ」彼女はつぶやくように言ってメニューを皿の上に置いた。

そのようすを見てコリーは急にうれしくなってきた。彼女は僕になびいている……あの手のふるえがなによりの証拠だ……。「とにかく、この話の続きはあとにして、今は食事を楽しもう」コリーがうきうきした声で言った。コリーンはほっとしたようにうなずいた。

彼はすぐにウエイターに合図して「もう少し待ってくれ、すぐに注文するから」と告げた。

ああ、なんて感じのいい声かしら。彼の明るい声を聞いてコリーンの心はいっぺんに温かくなっていく。あの声なら、ウエイターも機嫌を直すに違いないわ。それにきっと彼はチップもたっぷりはずむでしょうし……態度も堂々としていて、なんといっても人を惹《ひ》きつける魅力があるんですもの。そう考えると、彼女は、なぜ今まで彼を恐れていたのか、自分でも不思議な気がしてきた。

やがて料理が運ばれてくると、コリーンは緊張を強いるような話題を避けたので、リラックスした気分で食事が始まった。

会話がはずみ、楽しい夜がふけてゆく。最後のコーヒーを飲みおえた二人は、レストランを出て、タクシーに乗りこんだ。「君の住所は?」コリーが小声できいた。

「先にあなたのホテルまでお送りするわ」コリーンにとってこうするのはふつうのことだった。クライアントを送りとどけるのが義務でもあり、喜びでもあったからだ。

「いや、君を先に送るよ。住所は?」

「私なら大丈夫。あなたのホテルのほうが近いんですもの。わざわざ遠まわりすることないわ」

「いや、送らせてほしいんだ」

「でも、もう遅いわ。明日はミーティングがあるんでしょう」

「それなら君だって同じだ。それに夜遅く女性を一人で帰すなんて、僕にはできないよ」

「バスで帰るわけじゃないんですもの、大丈夫……」

「お客さん、どこまで?」運転席から憮然《ぶぜん》とした声が聞こえてくる。

コリーは彼女を軽くにらむように見たかと思うと、仕方ないというように前かがみになって、運転手にコリーンの住所を伝えた。それから座席の背に深々と身を沈めて彼女の反応を待っていた。ところが、いつまでたっても彼女からはなんの反応もなく、コリーはしだいに落ち着かない気持になってきた。「……住所は電話帳で調べておいたんだ」彼は隠しておいたバレンタインの贈り物を見つけられたときのようにばつの悪い顔をしている。「男が女性を愛したときにはよくそうするものさ」

「なんだかがっかりしたみたいな声ね」

「それは、がっかりもするさ。君は僕に自分の家を見せたくないいんだろう」

「そんなことないわ……」

「じゃあ、お祖母さんに僕を会わせたくないのかい？」

コリーンは答えたくなかった。なぜ？　私はもう三十歳で、立派な大人なんだし、祖母を恐れているわけではないのに……きっと祖母の、人を見る目を気にしているせいだわ。今夜、突然彼を連れていって紹介したりすれば、祖母がいい感じを持つはずがない……と。

「そうじゃないの。祖母なら、もう十時を過ぎているから、寝てると思うわ」

「じゃあ、僕がこわいのかな」

「こわくなんかない……」そう言いながらもコリーンはしっかりと胸の前で腕を組み、目を窓の外にやっていた。

「こわくないんなら、もっと近くにおいで」コリーンの声が突然ハスキーになったかと思うと、彼がいきなり彼女の肩を引き寄せた。「僕のそばに来て……今夜はあと少しのドライブでさよならしなければならないんだ。なにもしないから、リラックスして……」

二人で飲み交わしたワインのせいか、微妙な男女の会話のせいか、あるいは仕事を終えてから過ごした長い夜のせいか、コリーンは急に思考力を失って肩を抱かれたまま、彼の肩に頭をもたせかけた。

彼の唇がそっと髪に触れ、やがてその唇が彼女の額をやさしく愛撫《あいぶ》する。一瞬、頭の隅で彼の行為を拒否すべきだという気持が働いたが、コリーンはすぐにそんな気持を打ち消して、やわらかい彼の唇を楽しむように、厚い胸に手を置いて、わずかに身をそらせた。「コリーン……」彼の低い声が響く。「キスしてほしい……一度だけ。それ以上は望まないから……」

その目の真剣さにコリーンは体が芯《しん》から温められるような気がした。ときおり車窓をよぎる街灯の明かりに、やさしい顔が浮かびあがる。その真剣さとやさしさに、彼女は思わず指を彼の頬に這《は》わせていた。

「いいわ……」とささやいて、コリーンはわずかに体を伸ばして彼の唇に触れた。

唇を半開きにして待っていた彼は、じっとコリーンのキスを受けるだけで、自分からなんの動きもみせなかった。やがて二人の息がからみ合い、息づかいが荒くなってくるにつれて、コリーンのキスは深くなっていき、とうとう彼女は燃えるような舌を彼の唇のすきまから差しこんだ。

「コリーン！」彼がかすれた声を出す。「自分がなにをしているかわかっているのかい？」

コリーンはうっとりとした声で答えた。「甘いコーヒーの味がするわ……」

「ああ、君という人は……」コリーは彼女の体にまわした腕に力をこめて抱き締めた。

そのとたん、彼女ははっとしたように目を開けて、瞳を大きく見開いた。「私……いけなかったかしら……」

「いや……これでいいんだ」コリーはうめくように言うと、彼女の手を取って自分の胸にあてがった。「感じるかい？　君のせいだ。それにここも……」彼はコリーンの手をもっと下の方に導こうとしてかろうじて思いとどまった。高まった男の欲情をこのやわらかい手でつつみこんでもらいたい……しかし……彼女にはまだその準備ができていないのだ……コリーはわずかに腰をずらすと、咳《せき》ばらいをして言った。「君は僕の体に火をつけてしまった……」〝君が夢中になって愛撫するから〟と続けようとしたが、母親の血を受け継いでいるという彼女の恐れをあおりたてるようなことになってはいけない、と考えて彼は口をつぐんだ。ああ……彼女のこの情熱こそ自然なものなのに……。

コリーは彼女の手を自分の胸元に戻しながら、そっとささやいた。「後悔してるかい？」

「……してないわ」とささやき返しながら、コリーンは彼をこれほどまでに高めた自分に満足し、誇りさえ感じていた。

「また、いつか同じことをしてくれるね？」

「……さあ……わからないわ」

「すごくよかったんだ」

「私だって……」

「ほんとに後悔してないんだね？」

コリーンは彼の胸元を見ながらほほえんだ。「それはもうお答えしたから、ほかの質問をして」

「僕と結婚してくれるかい?」

「その質問もだめ」

「明日は君に会えない。午前中はここでずっとミーティングだし、午後にはヒルトン・ヘッドに帰って四時からのミーティングに出なければならない」

「それは質問じゃないわ」

「じゃあ、今度いつ会える?」

「お客さん、着きましたけど」運転席からぶっきらぼうな声が聞こえてきた。

二人はその声にぎょっとして前を見た。コリーもコリーンも車が停止しているのに気がつかなかったのだ。

コリーがあわててドアを開け、「少し歩こう」と言って、彼女に手をかした。

「だめよ」コリーンがとがめるようにささやく。「もう真夜中近くなのよ、タクシーを帰しちゃったら、あなたが帰れなくなるわ」

「それもそうだな」と彼は一瞬考えてから、運転手に、「メーターを入れたままで待っていてくれ」と告げると、コリーンの肩に腕をまわして、彼女の家の方に歩き出した。

「仮に、君の家に泊めてもらっても眠れないだろうな。夜中に君を襲うか、悶々《もんもん》として朝を迎えるかのどっちかだろう。いずれにしても明日は仕事にならなくなる」コリーは立ちどまると、大きなビクトリア朝風のがっしりした家を黙ってじっと見つめた。

「この家こそまさに君そのものだ」

「堅苦しくて、とりすましている？」

「うん。だけど、それは表面だけさ。中は複雑に入り組んでいる。わくわくするものがいっぱい秘められていて、モダンな家よりはるかに魅力があるんだ……君はここでずっと育ったのかい？」

「ええ」

「どのくらいの広さがあるのかな？」

「約二千五百坪かしら。その林のうしろにずっと庭が続いているの」

二人はまた歩き出した。家の側面にまわって庭の全貌《ぜんぼう》が明らかになると、コリーは一瞬息をのんだ。「うわあ、展望台がある！　すごいな！」

「堅苦しいけれど、ビクトリア朝時代の人って、人生を楽しむ方法を知ってたみたい」

コリーは彼女の手を引っぱって展望台に駆けのぼると、「いいなあ」と満足そうにうなずいてみせた。「僕たちの結婚式はここに決定だ！」

「コリー……」

「もちろん、君からまだオーケーはもらってないけど」そう言ってコリーは彼女の肩を引き寄せた。「そのうち、君も必ず承諾してくれるさ」

「どうしてそんなに自信があるの？」

「君を愛しているからだよ。君だって僕を愛しているだろう？」

「愛してなんかいないわ」

「でも、好きだろう？」彼女が黙っているのを見てコリーはさらに続けた。「好きは愛の始まりさ」

「そうじゃないわ。変なこと言わないでちょうだい」

「だけど、僕は感じるんだ」

「へえ、どこで感じるの？」

彼女がそう言ったとたん、コリーは彼女を抱き寄せ、じっと目を見つめたまま自分の腰を押しつけた。最初、彼女は自分のヒップにまわされた熱い彼の手に気をとられていたが、すぐに、彼の情熱の源が大きく息づいているのに気がついた。

「感じるところが違うわ」

コリーンはかすれた声でつぶやいたが、体を離そうとはしなかった。しばらくそうしていたが、やがてコリーンが思わず大きく息を吸って、「タクシーが待ってるのよ」と言った。

「コリーン、心から愛しているんだ。君は今まで付き合ってきたどんな女性とも違っている」

「コリー、そんなこと言わないで……」コリーの肩にまわされた彼女の手が、彼のジャケットをしっかりと握り締めていた。

「言いたいんだ、言わせてくれ。それだけじゃない、キスもしたいんだ。こんなふうに……」コリーは顔をかしげてコリーンの頬にさっとキスした。「それから、こんなふうに……」彼の唇が彼女の目をふさぎ、次に耳に移ったかと思うと、やわらかい耳たぶを口に含んだ。

「コリー……タクシーが待ってるわ」

「待ち時間もちゃんと料金に入っている」

「大変な金額になっちゃうわ」

「そのくらいは払えるさ」彼は唇を彼女の唇に近づけた。「君のキスが欲しい……」

「あなたって、まるで動物みたい……」

「そうだよ」と答えるや、彼が唇を重ねてきた。そしてコリーンがタクシーの中でしたのと同じように、ゆっくりと彼女のなめらかな唇を味わいはじめた。

コリーンの手が知らず知らずのうちに彼の髪をまさぐり、ぴったりと体を彼に密着させてくる。彼はすぐそばのベンチに彼女を横たえ、肘で自分の体を支えると、あいている手を彼女の顎から喉元へと這わせた。「君はすばらしい……」彼はキスの合間にそうささやきながら、手を喉元から胸元へと這わせた。

コリーンはまるで電流が走ったかのように、びくっと体をふるわせた。

「大丈夫だ……」コリーがくぐもった声でやさしくささやく。「ちょっと触れるだけだよ……どんな気持がするかを君に知ってほしいんだ」

夢見心地になっているコリーンは、彼の手の動きを封じる気持をすっかりなくしていた。やがて、彼の手がゆっくり胸のまわりで円を描きはじめると、彼女の口からすすり泣きのような声がもれてくる。てのひらが豊かに盛りあがった胸を愛撫し、指が乳首をもてあそぶと、彼女は体を弓なりにそらしてせつない吐息をもらしながら彼の名前を口にした。

「しいっ！」コリーは彼女の耳にささやきかける。「これが僕の愛し方なんだ」

ああ、この声、この言葉……それに、ぞくぞくするほどセクシーな体……。とうとう彼の手がブラウスのボタンにかかったとき、コリーンは夢中でまた彼の名を呼んだ。

五月の暖かい夜風が、あらわになったコリーンの肌をさっと吹き抜けていったあとに、彼の熱い手が這っていく。コリーは息づかいも荒く唇を求め、燃えるような舌を差しこんできて、激しく彼女の舌とからみ合わせた。

「シルクのようだ、君の体は……ソフトでなめらかで……ああ……こんなふうに愛せるなんて、すばらしい……」コリーは彼女の頭を手で支えたままコリーンを見おろした。

「感じるかい？」彼の手はブラジャーの内側に忍びこんでいく。

「キスして、コリー……」彼女はかすれ声でささやいた。

彼は激しく唇を重ねながら、ブラジャーのフロントホックをはずし、あらわになった彼女の乳房を大きな手でつつみこんだ。コリーンがはっと息をのむ。

「これでいいんだ。愛しているよ、コリーン……」たまらなくなってきたコリーは彼女の乳首を口に含むと、ぴんと立った蕾《つぼみ》を舌で転がして吸った。

コリーンは想像もしなかった快感に酔いしれ、さらに深い歓《よろこ》びを求めて全身をふるわせた。コリーだけが与えてくれる歓喜のときを本能的に待ち望んでいたのだ。

コリーはわずかにうめいて頭を上げた。「ああ、コリーン……愛しているよ……僕がこうするのは男の欲望からだけじゃない……君の一部になりたいからなんだ」彼は腰をリズミカルに動かしながら彼女の顔を両手ではさんだ。「僕が欲しいかい？」

「……なんだかわからないけれど……欲しいの……」

彼は自分の腰をわずかに持ちあげると、コリーンのシルクの下着の上からゆっくりと愛撫しはじめた。

コリーンは顔を横に向け、ぎゅっと目を閉じたまま大きく体を弓なりにした。「ああ、コリー……ああ、コリー……」

彼女の唇があえぐように半開きになるのを、そして彼女の体が訴えるように硬直するのを、コリーはその目で見た。あらわになった胸が月明かりに照らされて大理石のように輝いている。「ああ、コリーン……君は美しい……」

コリーンは頭の中がからっぽになったようで、まったく思考力を失って、ただ激情の波に身をゆだねていた。

そのとき突然、彼の手が体から離れるのを感じたコリーンは、抗議するように軽くうめき声をもらした。

「コリーン、やめよう……」彼がしぼり出すような声で言った。「やめなければならない、僕たち」

「なぜ……やめないで……」

「君は夢中になっている。自分がなにをしているのかがわかってないんだ」コリーは起きあがって、彼女の体をいとおしむように眺めまわした。その内側ではとてつもない情熱の嵐《あらし》が吹き荒れているらしい。悶《もだ》えるように上下している彼女の胸を見ながら彼はきっぱりこう言った。「あとで君はきっと後悔する。明日になって冷静な頭で考えたとき、必ず後悔することになる」

体を起こしてブラジャーのホックをかけようとするコリーの手はふるえていた。

「今度、君がはっきりと自分の意思で僕を求めようとするときまで待とう。僕たちの愛に後悔など入りこむ余地がなくなるときが来るまで」ブラウスのボタンを一つ一つかけながら、コリーは未練たっぷりにそう付け加えた。

コリーンは混乱した気持のままで横たわっていた。火をつけられた体はボタンをかける彼の手をはねのけたがっていたが、心の中では彼の思いやりに感謝していた。情熱の嵐がしだいにおさまり、ぼんやりした頭がはっきりしてくると、彼の葛藤《かっとう》が手にとるように見えてくる。きっと彼も私と同じように欲望に身をまかせたかったのに違いない……でも、ほんとに私たちの将来を考えてやめたんだわ。コリーンがここまで考えたとき、コリーの手が差し伸べられ、彼女は素直にそれにつかまって立ちあがった。やさしく肩を抱いてくれる彼の気持に応《こた》えようと、彼女も彼の腰に手をまわし、二人はまた歩き出した。

「これで二度目ね、夢中になっている私の目を覚ましてくれたのは」コリーンはこのときすでに、またあの知的な彼女に戻っていた。

それにしても、コリーがこれほど自己抑制のできる人だとは思わなかった……それも、一度ならず二度までも！　とにかく最初に抱いた印象とはまるで違っているわ……彼は私の人を見る目をほめてくれたけれど、なんだか自信がなくなってしまった……。

「ねえ、コリー。あなたがためらったのは、私になにか悪いところがあったからなの？」

コリーは並んで歩きながら顔を傾けてそっと彼女の額にキスした。「僕の言ったことを聞いてなかったな。そうでなきゃ、そんな質問はしないぞ」

「もし夢中になってたとしたら、聞いていなかったでしょうね。お願い、もう一度言って」

「君に悪いところなんかあるわけないじゃないか。むしろ、その逆だよ。あんまりよすぎるから、ブレーキをかけてるんだ。なにもかもがうまくいきすぎると、情熱が高まる前に体が勝手に求めてしまうんだ……」

「でも、それを求めたのはあなたのほうよ。それなのに、なぜ途中でやめたの？」

「どっちかがやめなければならなかったんだ。だけど、もしかしたら、僕は自分が動物じゃないんだって証明したかったのかもしれない。正直に言えば、過去にはときどき動物みたいになることもあった。相手を本気で愛してたわけじゃなかったんだから。しかし、相手が君だと話はまるで違ってくる。僕はそんな自分の変化を成長したせいだと思いたいんだ」

二人は彼女の家の前庭までやってきた。二階の寝室はもう暗かったが、玄関ホールからはわずかな明かりがもれている。「鍵《かぎ》は持ってるね？」コリーがささやき声できいた。

彼の言葉を頭の中で反芻《はんすう》しながら、コリーンはバッグから鍵を取り出した。

「明日、ミーティングの合間に電話をするよ。いいね」

素直にうなずいたものの、コリーンはまだ釈然としない顔つきをしていた。

すると、彼は輝くような笑顔を見せて、「おやすみ、コリーン」と言った。

「おやすみなさい」彼がタクシーの方に去っていくのを見送ってから、コリーンはそっとドアを閉めて内側に寄りかかった。そのとたん、はっと思い出してドアを開け、あわてて彼の姿をさがした。しかし、すでにタクシーは暗闇《くらやみ》にテールランプの光を残して走り去っていくところだった。ああ、なんてこと。お食事のお礼も言ってなかったなんて。

それに、仕事の話もすっかり忘れてしまっていた。ほんとにどうかしてるんだわ、今日の私って……。

7

その夜、コリーンはベッドの中で自分の人生についてじっくりと考えてみた。

今、私は三十歳。やりがいのある仕事を持っている。それに、立派な家とよい友人にも恵まれている。私を愛してくれる祖母、私を必要としている妹、そして私に無関心な両親……。

これは一年後も変わりがないだろう。でも、十年後、私が四十歳になったときにはどうだろう？　仕事や家や友人は変わりがないとしても、もしかして祖母はもうこの世にいないかもしれない。それに妹も、もう私を必要としなくなっているかもしれない。それに両親は？　ああ……あの人たちのことは考えてもむだだわ……。

ここまで考えて、コリーンはふと気がついた——私の人生にはなにかが欠けている……なにかもっと心温かい、実りのある人生というものがあるはずだ。たとえば、夫と子供たちに囲まれて満ちたりた毎日を過ごす人生のような……。今まで私はそんな人生を思い描くことさえ避けてきた。まず大学を卒業すること、卒業してからは、自分にふさわしい仕事をさがすことがなにより大切だった。そしてそのあと今の仕事に打ちこんできたのだ……デートをしても相手は必ず安全な人を選んできたし、結婚など考えたこともなかった……。

そして今、私の目の前にコリーがいる。この人は最初から危険だった……これまで会ったどの男性とも違う。私を笑わせ、私の胸をどきどきさせる男《ひと》……そして今まで見たくもなかった私の裏側を引き出してしまった男……。

私はなぜこの人に惹《ひ》かれているんだろう。ハンサムで有能なビジネスマンだし、私にひたむきな愛情を捧《ささ》げてくれるからだろうか？

そう、たしかに彼はウエイターやウエイトレスをたちまち魅了するし、仕事にかけてもなかなかのやり手らしい。それに、なんといってもこの私をその気にさせるのだから、ただ者ではない……。でも、もしかして、そうみせているのは彼の策略ではないかしら。いったん私をものにしたら、さっさと逃げ出してしまうつもりではないだろうか。だって、彼のまわりにはこれまでいつも女友達がいて、取っ替え引っ替えしてきたはずだから。

じゃあ、そんな彼がいやなの？　うぶな男性のほうがよかったとでもいうの？　あの年で女性の経験がないなんて男は、どう考えてもおかしいんじゃないかしら。

でも……もしかしたら、どんなときでも、彼はちゃんとそれなりの節度を守ってきたのかもしれないわ。じゃあ、節度を守りながらそこそこに愛してくれたほうがいいと思っているの？　あなたは彼にそういう愛し方をしてもらいたいの？

いいえ、私はあんな人に愛してもらわなくたっていいわ。

ほんとうなの？

ええ、ほんとうよ。

心の中でそう強がってはみたものの、本心は彼の愛が欲しくてたまらなかった。人生のいろいろな障害をいっきに吹きとばしてしまうほど激しく愛されたらどんなにいいだろう……身も心も離れがたいほど強く愛されたらどんなに幸せか……。

コリーンは糊《のり》のきいた白いシーツの上に真っ白なナイトガウン姿で横たわったまま、一点のしみもない白い天井をいつまでも見つめていた。

翌日、コリーはミーティングに出席したものの、心ここにあらずで、半分はコリーンのことを考えていた。アランの家で初めて出会ったときのコリーンと今の彼女とでは、まるで印象が違う。やせてボーイッシュだと思ったのが、実はいきいきした女性的な魅力にあふれ、しかもデリケートな女っぽさも併せ持っている。いかにも蕾《つぼみ》が花開くのを待っているような風情が感じられるのだ。

表面は冷静に見えるが、彼女の体の中には熱いものがたぎっている。それを知っているのは僕だけだ。僕だけが彼女の目に宿る歓喜や恐れや不安を知っている。そして、外見はいかにも身持ちよさそうに装ってはいても、内側には野性的な欲望がうごめいているのも……。

しかし、熱く燃えているのは単に肉体だけではない。おそらく、僕にも一生懸命になってつくすだろうし、家庭や子供にも同じように情熱的に献身してくれるに違いない。ただ皮肉なことに、すばらしいはずのその熱いものが、今の場合は二人の間に障壁となってたちはだかっているのだ。なんとかその頑固な壁に風穴を開けることには成功したものの、これから彼女と人生をともにするつもりなら、その壁をすっかり取り除いてしまわなければならない。そのためには時間が必要だ。じっくりと時間をかけて僕を知ってもらい、自分を否定したところで、いかにつまらないかをわかってもらうしかないだろう。

　正午少し前、ミーティングの合間を見て、コリーは彼女に電話を入れた。

「やあ、コリーン」

　一瞬、電話の向こうで沈黙があり、それからゆっくりとコリーンの声が聞こえた。

「今、コーヒーブレイクなのね？」

　その声には今までになかった温かさが感じられた。秘密の歓《よろこ》びを二人で分かち合ったという親密な響きがあった。しかもよく耳をすませていれば、わずかだが息をはずませているらしいとわかる。コリーは思わず息を殺してそんな彼女のようすをうかがっていたが、すぐに落ち着いた静かな声で答えた。「いや、これ以上コーヒーをのんだらおかしくなりそうだ。実は、ミーティングの途中なんだけど、ぜんぜん話に集中できなくて困っている」

「まあ、信じられないわ、あなたが集中できないなんて」

「ほんとうなんだ。これから、昼食会に出席して、そのあとまっすぐ空港に向かう予定だが、どうだろう、週末をヒルトン・ヘッドでいっしょに仕事するというのは？」

「そうねえ……でも困ったわ……」

「じゃあ、来週の初めにしようか。もし予定を変更しなければならないときは、いつでも秘書にその旨連絡を入れておいてくれ。こちらの予定を調節するから」

「そう……それならいいわ」コリーンは静かな口調で応じた。もう一度ヒルトン・ヘッドに行くのは多少のためらいもあったが、それ以上にコリーンの心ははずんだ。それにコリーの住んでいるところをもっとよく知っておく必要も感じたし、今のジレンマを打開するためになにか行動を起こすことも大切なのかもしれない。

「月曜日？　それとも火曜日がいいかな？」

「そうねえ……水曜日あたりはどうかしら？」

「ええっ、それじゃあ、五日も先じゃないか」コリーはうめき声をあげた。

「仕方ないのよ」コリーンは頼みこむように小声で言った。

コリーの心には、時間がたってコリーンの心に迷いが生じないうちに行きたいという気持が強かった。しかし強制するわけにはいかない。「じゃあ、水曜日でいいから、できるだけ朝早く出発してくれるかい？」

「努力してみるわ」コリーンは彼のためだけではなく、自分のためにも快くそう答えた。

土曜日にコリーは、真っ白なばらの花束を彼女の家あてに贈った。無垢《むく》な乙女には十二本の白いばらが一番よく似合うと思ったからだ。そして、日曜日には焼きたてのクロワッサンを届けさせた。しかし、コリーが自分の下心に気づいたのは、ばらの花束やクロワッサンを送ったあとだった。きっと彼女のお祖母《ばあ》さんは送られてきたばらの花や焼きたてのクロワッサンを喜ぶだろう。そうなれば、送り主に悪い感情を抱くはずがない、と彼は潜在的にちゃっかり計算をしていたのだ。

月曜日の朝、コリーは一輪ざしの花瓶をコリーンのオフィスへ届けさせた。午後になると、まだ蕾の黄色いばらを一輪贈った。

火曜日には物のかわりに愛を贈ろうと、朝早く彼女の家へ電話をかけた。

「ちょっと早すぎたかな?」コリーはささやくような声で言った。

コリーンはさわやかに笑って、「とんでもない。祖母はとっくに庭に出ているわ。私は出かける準備をしているところ」と答えた。

「ああ、それはよかった。君がうまくつかまえられて」コリーはほっとしたようにふつうの声に戻った。「オフィスに行く前に知らせておきたいことがあるんだ」

「昨夜お電話をいただいたばかりなのに、またなにか起こったの?」

「いや、ただ話しておきたいだけなんだ」

コリーンは彼の次の言葉を待った。何マイルも離れたところにいる彼の声が、思いがけなく彼女の心にしみわたるようで気持がなごんでくる。「なあに？」彼女は待ちきれなくて催促した。

「すごく会いたい」

「コリー……それを言いたくてわざわざお電話くださったの？」

「そう、昨夜言わなかったから。それに、今日はなにも贈らないって伝えておきたかったんだ」

「もう、十分いただいたわ」

「君は怒ってるかもしれないが、品物で君の歓心を買うつもりじゃないのはわかってもらいたい」

コリーンは思わず笑い出した。「実を言うとね、私、あれですっかり心を動かされたのよ」

「ほんとかい？　それなら……」

「コリー、だめ、だめ。もうこれ以上はなにもいらないわ。さもないと、下心があるんじゃないかって勘ぐるわよ」

「そうだろう。そう誤解されるんじゃないかと思ってたんだ。今朝起きたとき、まずそれが気になった。でも、今僕の言いたいのはそんなことじゃない」コリーはそこで一瞬口をつぐんでから、心をこめてこう言った。「コリーン、明日、空港で待っているからね……愛している」

コリーンが感激して思わず目を閉じたとたん、もう電話は切れていた。少し恨めしく思いながらも、彼のやさしさが心にしみて、今すぐにでも会いたい気持になってくるのだった。

翌日、コリーンが飛行機から降りたつと、空港でコリーが待っていた。しゃれたシャツにスラックス姿のすてきな彼を目にしたとたん、彼女の胸は喜びでいっぱいになった。私一人のために彼がこうして待っていてくれるなんて……。彼女は信じられないほど幸せな気持だった。でも、なんて挨拶《あいさつ》したらいいのかしら……このまま彼の胸にとびこむべきだろうか……ビジネスの相手に握手を求めるような態度をとるのもおかしいし……。

ほんのちょっと迷った末に、結局なりゆきにまかせることにした彼女は、大きく息を吸いこんで、コリーのいる方に向かって歩き出した。

コリーは彼女の両肩に手をかけてほほえんだ。「夜明けから待ってたんだ」

コリーンもにこにこ笑いかけた。「予定より五分早く到着したわ」

「僕の感じでは六時間も遅れている。でも、とにかく、よく来てくれた。うれしいよ、コリーン」

「私もお会いできてうれしいわ」

コリーは彼女の肩をしっかり抱いてから、すぐ彼女のバッグを持ってやり、もう一方の手でコリーンの手を握ると、「車は外に待たせてある」と言って歩き出した。

そして、ターミナルビルの柱の陰に来たとき、コリーは彼女を柱に押しつけて、持っていたバッグを下に置いた。「以前君にした約束をまだはたしてなかったと思うけど、たしかクーポン券と引き換えにキスチョコをあげるという約束だったはずだ」

コリーはいたずらっぽい目をしてポケットからハーシーのキスチョコレートを一つ取り出したかと思うと、つつんであるアルミをていねいにはぎとって、ぽんと自分の口にほうりこんだ。

「あら、それは私のじゃないの？」コリーンは抗議した。

「いや」コリーはおいしそうに口を動かしながら、「君にあげるキスはこれなんだ」と言って、いきなりほんとうのキスをした。

　不意を襲われたコリーンはまったく無防備のまま彼に唇を許していた。甘いチョコレートの香りが口いっぱいに広がり、彼の熱い舌が身も心もとろけさすようにからんでくる。

「さあ、これで約束をはたしたぞ。気分はどう？」

　コリーンはせつなげに息をはいた。「……夢みたい……」

　晴れやかな笑顔を見せてまたバッグを手にした彼は、ぐっと彼女の腰を引き寄せ、並んで歩き出した。

　やがて、二人の乗った車がホテルの前に横づけになった。彼女のために用意された部屋は、前に泊まったのと同じ豪華なスイートルームだった。

「コリー、ふつうのお部屋でよかったのに。私にはぜいたくすぎるわ」

「なにがぜいたくなんだ。ただ部屋が二つあるだけじゃないか」

「でも、きれいなお花が生けてある花瓶が三つと、すばらしい眺めのテラスがあって、そのうえ、ジェット噴流式のお風呂まで付いてるなんて……お金のむだづかいだわ」

「どうつかおうと僕の勝手だろう」

「それはそうだけど……」

「〝ボスには逆らうな〟というルールを忘れたわけじゃないだろうね」

「……わかったわ……」コリーンはありがたくスイートルームを楽しませてもらう気になっていた。

その夜、二人はディナーのあと、ハーバータウンで催されるフォークコンサートに行った。

木曜日の朝はコリーのオフィスにこもり、二人でヒルトン・ヘッドの調査を仔細《しさい》にチェックして、コリーンのプランを検討した。しかし、彼女にはまだ調整作業が残っていた。

「このオフィスで仕事の続きをやっていいよ、コリーン」

「でも、あなたもお仕事があるんでしょう？」

「じゃあ、二人で使えばいい」

「だって、デスクが一つしかないんですもの」

「大きいから大丈夫だよ。事実、今まで二人で使ってたんだから。どうして君がじゃまになったりするものか」

「ねえ、コリー。私は秘書のデスクで十分なの」

「いや、君はこの部屋を使うんだ」

「でも……」

「〝ボスには逆らうな〟!」コリーは無理やり彼女を革製のハイバックチェアに座らせ、その手に鉛筆を握らせると、書類を指さして、「さあ、仕事をしたまえ!」と命令した。

調整作業を終えたコリーンがタイプを打とうとすると、ふたたびコリーが命令して、タイプとコピーは秘書がやってくれることになった。

金曜日の朝、二人は、この前の調査のときに集まった地元の人たちに、くわしい説明会を開き、夜はこのプロジェクトの成功を願って、ホテルの優雅なダイニングルームでレセプションを催した。その席でコリーンがもうこれ以上飲めないからとシャンペンを断ると、またしても〝ボスには逆らうな〟の命令が下り、次にホテル特製の胡桃《くるみ》入りチーズケーキがもう入らないと断ったときも、またまたコリーの命令で食べさせられた。

雰囲気にもお酒にも酔って新鮮な空気が吸いたくなったコリーンは、彼から浜辺を散歩しないか、と誘われたとき、一も二もなく同意した。波が打ち寄せる海岸で、彼が私を抱いてくれるかもしれない……と期待しながら。

海岸に出ると、彼は靴も靴下も脱ぎ捨てて、スラックスの裾《すそ》を膝までまくりあげた。彼女も思い切ってバックベルトの靴を脱ぎ、指に引っかけて浜辺を歩き出した。

だが、波打ち際で抱き合うシーンはないまま、ただ手に手を取って二人は一時間ほど海岸をそぞろ歩いただけだった。それでも、雲と月が交互に顔を出す浜辺で言葉はいらなかった。ときおり遠くで光る稲妻が水平線をくっきり浮かびあがらせ、足元では小さな波が二人のほてった足をひんやりと洗ってくれる。身も心も洗われるようなおだやかな夜の浜辺は、それだけでキスも抱擁もいらないほどロマンチックだった。

ホテルの部屋に帰ったコリーンは、最近珍しいほどぐっすり眠った。

だが、翌朝、ボルティモア行きの飛行機に乗ったとき、彼女の体の奥ではなにか満たされないものがくすぶっていた。

次にコリーンがヒルトン・ヘッドを訪れるまでには、二週間の間があった。その間、コリーからは毎日のように電話がかかった。それもたびたび自宅にかかってきたから、祖母がしだいに好奇心をつのらせはじめた。花束やクロワッサンなどの贈り物なら、コリーンの仕事に対する彼の感謝の気持として受け取ることもできたが、夜の電話となればまったく別だ。

ある夜九時半ごろ、彼からの電話に出たあとコリーンは居間でくつろいでいた。するとそばのアン王朝風の椅子に座っていた祖母が、ベルベットのガウンの襟をかき合わせながら、まったく感情をまじえず、さりげない調子で尋ねた。「さっきの電話はコリー・ヘラディンでしょう」

「ええ」

「よく電話してくるわね。どんな人かお話ししてちょうだいよ」

コリーンはなんと答えていいのかわからなかった。頭の中では、もし彼のことが話題になったら、こう答えようと、いちおう考えてはいたものの、いざとなると、なんだか作り事めいていて口に出しにくい。

「お祖母様は彼のどんなことを知りたいの？」コリーンが落ち着いた声できいた。

「あの方、たしかあなたのクライアントだって言ってたわね。どこに住んでいるか、なにをしている人かはもうきいたけれど、どうやら、お仕事だけの関係ではなさそうだから。花を贈ってきたり、クロワッサンを届けてくれたり、夜遅く家に電話してきたりするというのは」

「そうねえ。コリーはちょっとふつうのクライアントとは違うかしら」

「あら、どう違うの？」

「彼は……そうねえ……とってもいい人なの」

「これまであなたがデートした人たちみたいに？」声はおだやかだったが、祖母の目にはわずかに非難の色が漂っていた。だがその反面、声にはユーモアも含まれていたので、コリーンはほっとした。

「いいえ、ちょっとこれまでの人たちとは違うの」

「あら、それならもっとくわしく聞きたいわ」

コリーンは目をまんまるくした。「ほんとうに？」

「これまでの人たちは、あなたには少し退屈だったんじゃないかしら？」

「私は……いい人たちだと思ってたけれど……」

「いい人だけでは、結婚相手として不十分でしょう？」

一瞬、コリーンは呆気《あっけ》にとられた。もしかして、祖母はコリーを気にいっているのかしら……私が会社に行っている間に、ちょっと立ち寄って、将来の計画などを話し、祖母の歓心を買ったんじゃないだろうか……そうだとすれば、私にとってはいいような、悪いような……もし、そうでないとするると、祖母の勘に舌を巻くよりほかない。

「私たち、今まで結婚なんて話題にしたことないわ」コリーンはどきまぎして答えた。

「私たちって、あなたとコリー、それとも、あなたと私？」エリザベスは楽しそうに言った。「たしかに、あなたと私は結婚を話題にしなかったわね。でも、もう、そろそろそういう話をしてもいいんじゃないかしら？」

「それ、どういう意味？」

「つまり、両親がふしだらだからといって、なにもあなたが一生貞操を守り通さなければならない理由なんて少しもないってこと」

コリーンはまたびっくりして祖母に目を向けた。祖母の観察眼の鋭さに感心したのだ。

「そんなに驚かなくてもいいでしょう。私はあなたを育てたんですもの、ちゃんとわかっているわ。それに私たちって性格も似ているから、あなたの気持が手にとるようにわかるの。両親が帰ってくるたびにあなたは拒絶反応を示すでしょう。それに、両親について話すときのあなたの口調にはあんなに刺《とげ》があるのに、今コリーからの電話を受けたときのあなたは頬を紅潮させていたし、贈り物をもらったときはほんとにうれしそうだったわ……そんなに恥ずかしがることないのよ、コリーン。そんなあなたを見ていると、こちらまでうれしくなってしまうんですから」

「ほんとに？」

「私が嘘《うそ》を言っているように聞こえて？　私はね、なんとかあなたに幸せになってもらいたいのよ」

「あら、私、これで十分幸せよ」

「狭い世界では幸せだったかもしれないけれど、これからは世界が広がるんだから……彼を愛しているんでしょう？」

「そんな……」

「当然の質問じゃないかしら？」

「ええ……でも……」

「愛しているんでしょう？」エリザベスは落ち着いた声でやさしく繰り返した。

コリーンは自分の手を見ながら、わずかに眉を寄せた。「……そう思うわ」

「なんだか積極的じゃないわねえ」

「だって、まだぴんとこないんですもの」

「人生って、そういうものなのよ、コリーン」

「でも、彼は今までの人とはあまりにも違いすぎてるわ」

「だからこそ、惹かれたんじゃなくって？」

「だけど、コリーは……なんて言ったらいいかしら……衝動的というか、気が多いというか……それに、いつも忙しくあちこち旅行しているの」

「お仕事がうまくいってるんでしょう？」

「ええ」

「じゃあ、それくらい我慢しなければ。ねえ、コリーン。両親がそうだからって、旅行が悪いと思うのはどうかしら。お祖父様《じい》だっていつも旅してたわ」

「でも、それはお仕事でしょう？」

「あら、コリーは違うの？」

「……たいていは……そうだと思うけれど」

エリザベスは遠い昔を思い出すような目つきになった。「お祖父様はすばらしい方だったわ。私たちはほんとうに強い愛で結ばれていたの。お仕事で留守がちだったけれど、なるべくいっしょに過ごせる時間をつくるようにおたがいが努力したわ。最初はそんなに裕福というわけではなかったけれど、いつもテーブルには十分な食事があったし、たまにはちょっとしたぜいたくもできたわ」彼女はそこで一息ついて、コリーンの方を見た。「でも、あなたのお母様はささやかなぜいたくで満足するような人じゃなかったわ。当時は若かったからだとしても、今も変わってないんですもの。大人になりきれなかったんだと思うの」

「お祖父様とのことをもっと聞かせて……お祖母様はほかの人といるときと、お祖父様と二人だけのときとでは気持が違ってた？」

「もちろん、そうよ」エリザベスはそう言っただけだったが、その答えで十分だった。

「私ね、コリーといっしょだと、違う人間になってしまうの……」

「それがふつうよ。女はだれにも見せない側面を、愛する男性にはつい見せてしまうものなの」

「じゃあ、私の両親の場合はどう説明すればいいのかしら？」

祖母の口調が弱々しくなった。「あの人たちに関しては、もうお手あげだわ。強いて説明すれば、きっとおたがいに満足していないのね。だからついほかの人に気をとられるんじゃないかしら」

「とすれば、二人は愛し合っていなかったわけ？」

「おたがいに勝手な愛し方をしていたんでしょう。セリースが愛したのは自分自身だったんだと思うわ。同じことがアレックスにも言えるんじゃないかしら。少なくとも、私がお祖父様に感じていたような愛情をおたがいに感じていなかったことだけはたしかね」

「お祖母様の愛し方ってどんなふうだった？」

「広い気持で相手をつつみこむような愛、そして永遠に続く愛かしら……ねえ、コリーン、私が再婚しなかったのはなぜだと思う？　若くして未亡人になってから、私もいろんな男性に出会ったわ。実際、ある人とは本気で再婚を考えたこともあるの」コリーンの不思議そうな表情を見ながら彼女は続けた。「その人はとってもいい人で、初婚だったの。きっとあなたたちのいい父親代わりになってくれるだろうと期待したわ。でも、あるとき、そういう理由で自分は結婚を考えていたのかって気がついたのよ。そんなの最低でしょう。あなたたちが成長したあと、お祖父様の思い出を胸に秘めたまま、その人と余生を暮らすなんてとうていできそうにないと……」

「まあ……そうだったの……ごめんなさい」

「とんでもない。すてきな夫を持って幸せだったわ、短い期間だったけれどね。だからあなたには末長く連れ添ってもらいたいのよ。それで、もう結婚を申し込まれたの？」

「ええ」

「でも、あなたはお断りしたのね？　それはよかったわ」

思ってもみなかった祖母の言葉に、コリーンはぎょっとした。「よかった、ですって？」

「結婚は軽々しくするものじゃないから。今までだって、あなたはいつも慎重だったでしょう。でも、いったんこうと決めたら、すべてを捧げることね。きっと彼は愛してくれるわ」

「彼もそう言ってくれたの」

「それなのにまだ迷ってるのはどうして？」

コリーンは返答に窮したが、なんとか必死で考えをまとめた。「さっきもちょっと触れたけれど、コリーって、少しばかり世間の常識からはずれたところがあるの。噂《うわさ》ではかなりのプレイボーイだったらしいわ。彼は、そういう時代はもう卒業したから、これからは心配ないって、誓ってくれたけれど……それに、まるでゲームでもするように株に投資しているわ。今までに勘が当たらなかったためしはないから、誓って大丈夫なんですって」

「まあ、ずいぶんいろいろと誓ってくれるのねえ」エリザベスの声は落ち着いていたが、目はきらきらと輝いていた。

「お祖母様、私はまじめな話をしているのよ……彼って……人生を軽く考えているところがあるみたい……」

「軽く考えて、あなたを選んだっていうの？」

「そうじゃないと思うけれど……でも、そんな人が頼りになるかしら？」

「もしかしたら、ほんとはひどくまじめなのに、それをカモフラージュしようとして、軽薄そうに見せかけているのかもしれないわよ」

「そうかもしれないけれど、それだけじゃないわ。信じられないほどおっちょこちょいなの。だってね、いつか私が彼のオフィスにいたとき、クレジットカードの支払いが限度額を超えているので、至急払いこんでもらいたいと、銀行から電話がかかってきたの。彼はとっくに小切手を送ってあるはずだと主張したんだけれど、あとで調べてみたら、なんと、小切手をアメリカン・エクスプレスに送っちゃってたの。かわいそうに彼の秘書はあちこちに電話をかけてはあやまってたわ」

「でも、それは単なる思い違いじゃないの」

「まるで、チキンサラダをつくるのに、マヨネーズのかわりにタルタルソースであえたみたいな話でしょう」

エリザベスは軽く咳《せき》ばらいをして、「なかなかおつな味のチキンサラダができたかもしれないわ」と言った。

「それに、コンタクトレンズの一件も……彼ったら、ある朝おおあわてで電話してきて、レンズを片方なくしたから迎えにいけないって言うの。眼鏡を置き忘れるのが心配だからという理由で、コンタクトレンズにしながら、そのコンタクトをなくすなんてねえ」

「あれはずいぶん値の張るものでしょう?」

「いいえ、ちゃんと保険がかけてあるのよ。それはともかくとして、その続きが傑作なの。結局、あとになって気がつくと、自分の目の中に入ったままになってるのを発見したんですって!」

「おや、おや、それはまた愉快な話じゃないの」

コリーンは大きくため息をついて、弱々しくほほえんだ。「そうかもしれないわね。ときどきかわいくって、抱き締めたくなるときがあるんですもの」

「なかなかバランスのいい男性じゃなくって？　仕事熱心の反面、あなたにつくしてくれるし、適当に欠陥もあって……だけど、ちゃんとハートは持っている人のような気がするけど」

「そうかしらねえ」

「そうよ……さあ、もう遅いから、私はそろそろ二階に引きあげようかしら」エリザベスは椅子から立ちあがった。

「でも、お祖母様、私たち、なにも決めていないわ！」コリーンは大きな声を出した。

「私たちですって？　コリーン、あなたが決めなければいけないことよ。その人とこれから一生をともにするのはあなたなんですからね」

コリーンはエリザベスのあとを追った。「もう少し私と話をして！」

「それはだめ！　あなたが考えて決めることですもの。私はもう休みたいんですから」

「だって、コリーはサウス・カロライナに住んでいるのよ。もし、結婚したら、私は家を出ていかなければならないわ」祖母をもう少し引きとめて話をするためには、この問題を持ち出すしかなかった。

「飛行機があるじゃないの」エリザベスは階段を上がりながら平然と言った。「それに、コリーがボルティモアにホテルを建設する予定なら、あなたも好きなときに帰ってこられるわ」

「私がいなくなっても寂しくないの？」

その言葉を耳にした祖母はふと足をとめ、ゆっくり振り返って、優雅にほほえんでみせた。「コリーン、私がどれだけ寂しいかはあなたが一番よく知っているでしょう。でも、あなたがコリーこそ自分の人生を託すにたりる人だと判断したら、思い切ることね。老い先短い私の人生より、あなたのこれからの幸せのほうがずっと大切なんですから……じゃあ、おやすみなさい」それだけ言うと、祖母は背を向けて二階の寝室に消えていった。

六月もなかばを過ぎたころ、コリーンはヒルトン・ヘッドへと飛びたった。今度こそ自分の将来のために、コリーという人物を冷静に見きわめたいと彼女は考えていた。ところが、彼のオフィスに着くや、再会の喜びでそんな冷静な考えなどどこかに吹き飛んでしまった。

先日、祖母と話し合ったことで、コリーンはある程度楽な気持になっていた。今までは、自分の結婚相手に関して祖母がひどく保守的な考えを持っているのだろうと思いこんでいたのだが、実際はむしろその逆だった。祖母は私が母親と同じ道を歩むはずがないと信じているのだ。それよりも、私がいいチャンスを逃すのではないか、と心配しているようだった。

そんな祖母の気持を知っても、コリーンはまだためらっていた。それでも、祖母と話したことで柔軟にものを考えられるようになっていたから、今回はもっと素直な気持でコリーに会える気がしていた。

コリーも前もって自分の仕事をできるだけすませておいたので、コリーンが来てからは精いっぱい彼女をもてなした。

ショッピングに出かけると、コリーンは自分でも驚くほど大胆な遊び着をたくさん買いこんだ。サバンナ探検に行き、シー・パインズの池で淡水魚釣りをし、干潟で野鳥の観察を楽しんだかと思うと、ヨットに乗って大西洋で遊んだ。夜は夜で毎日のようにダンスに興じながら、いったいなにを恐れていたのだろう、とコリーンは我ながら不思議な気さえした。ただ、なにかはっきりしない不満が体の奥の方でくすぶっているような気がする……。

夜見る夢や、昼間目覚めているときに頭をかすめる白昼夢の暗示を考えれば、そろそろこのあたりで自分の本能的な欲望を認めなければいけないのかもしれない。毎朝迎えに来てくれたときに交わすキスと、夜ホテルまで送ってくれたときに交わすおやすみのキスだけではものたりなくなっていた。だが、自分からそれを言い出す勇気がなくて、ただ黙って満たされない気持を持て余していた。

満たされない気持を持て余していたのはコリーンばかりではなかった。コリーも態度にこそ表さなかったが、内心とても平静な気持ではいられなかった。コリーンといっしょにいると、天国と地獄を同時に味わわなければならなかったのだ。

アンケートが回収されてくると、コリーンは回答者との面接で忙しくなり、二人がいっしょに過ごす時間が少なくなった。そのためにコリーは肉体的な欲求不満をしばらく忘れていられるようになった。ところが、少しの間でも離れていると、会いたくてたまらなくなり、今度は精神的な欲求不満がつのってきた。

七月に入ると、とうとうコリーは我慢ができなくなって、コリーンには内緒でアトランタのホテルのスイートルームを週末のために予約した。きっとコリーンが腹をたてるだろうと覚悟していたが、結果は意外だった。

「アトランタ？」コリーンはうれしそうにほほえんだ。「あそこはいつもさっと通過するだけで、滞在したことがなかったの」

「じゃあ、絶好のチャンスだ」コリーは信じられない気持がした。スイートルームを予約したと言ったのに、彼女はいやな顔もしなければ抗議もしなかったのだ。

「でも、無理よ。やらなければならないことが山ほどあるんですもの」彼女がいかにもとってつけたように言う。

「だけど、もう九日間もぶっとおしで働いているんだから、このへんで休みを取ったほうがいい」

「でも、ちょっとボルティモアに帰って、あちらのようすも見てきたいし……」そうは言いながら、コリーンの目はきらきらと輝いている。

コリーはちょっとからかってみたくなった。「そうか……じゃあ、そうしたほうがいいかもしれないいな」

「といって、アトランタにも魅力があるし……」

「それなら、行こうよ」

彼女がわずかに眉を寄せたので、あくまでアトランタ行きを拒否するのかと思ったら、短い沈黙のあとで、コリーンはこう言ったのだ。「ちゃんとした服を持ってきてたかしら……まあ、いいわ。なかったら、あちらでドレッシーな服を買えばいいんですものね」

コリーンはすっかり興奮していた。この二週間でコリーに対する自分の気持がはっきりしてきたし、その気持は日増しにつのっていくばかりだった。ボルティモアでの生活が遠い昔のことのように思え、帰りたいという気持さえ起こらなかった。ここに来てから会社には何度か電話を入れたが、受話器を置くたびにほっとする始末なのだ。

コリーは申し分のないパートナーで、祖母の言葉に間違いのなかったことを思い知らされる毎日だった。まじめだが、適当に陽気で、誠実だが、楽しく愛を語れるすてきな男性……信じられないほど楽しい時間があっという間に過ぎていった。性的には満たされなかったにもかかわらず、コリーンは彼の愛情を十分に感じ取っていた。

それと同時に、彼が自分の体を求めているのもコリーンははっきりと知っていた。抱き合ってキスをするたびに彼が興奮しているのを感じたし、いつまでも離れたがらず、息づかいも荒く軽いうめき声さえあげる彼をコリーンはいやというほど見ていた。

彼女はまだ彼との関係に一抹の疑問をぬぐいきれなかったけれど、ほんとうのことを言えば、アトランタで二人がどうなってもよかった。

心にわだかまっている疑問は、二人が情熱の限りをつくすことによって自然と氷解するのかもしれない。そう考えたからこそ、コリーンは、思い切って彼とベッドをともにする決心をしたのだった。

8

そう決心はしたものの、実行に移す前には大変な勇気と準備を必要とした。避妊に対して女性側も無神経ではいられないと考えたコリーンは、急いでドラッグストアへ走った。次々と出してくれるたくさんの避妊具からひとつを選んだときには、さすがに恥ずかしい思いをしたが、それくらいはまだ簡単だった。

彼女は今まで自分をプレイガールだなどと考えたことはもちろんないし、ましてや、みずから積極的に男を誘うなんて夢にも思わなかった。だから、コリーをどうやって誘惑すればいいのかと考えただけで、すっかり当惑してしまったのだ。挑発的な態度をとるのは私らしくない。かといって、彼に媚《こび》を売ったりするのはもっといやだ。私が彼の腕の中でいきいきするのは、単に官能を刺激されるからであって、頭で考えてそうなるわけではないのだから。

　今だって、アトランタ行きの飛行機に隣どうしで座っていても、私の本能的な部分が、彼の体の大きさや男っぽいにおいをひしひしと感じている。でも、私はそれを言葉や行動にはとても表せない……。

　それでも私はコリーとベッドをともにしたい……なんとかそれを彼に気づいてもらう方法はないのだろうか……。

　しかし、いくら考えてもいい方法は思い浮かばず、飛行機がアトランタに近づくにつれて、しだいに不安がつのってきた。

　一方、コリーのほうはとっくにそんな彼女の気持を察していた。だいいち、彼女は視線が合うのを避けているし、なにかを思いつめているような表情をしている。そればかりか、膝の上のバッグを持つ手の指は皮ひもをきつく握り締めているし、今だって雑誌を読むふりをしているが、実際にはなんにも頭に入っていないのだ。

　アトランタに着き、ホテルにチェックインするときのコリーンは、見るからに落ち着かないようすだった。ベルボーイに部屋へ案内されてからの彼女はなおさら緊張し、やがて二人だけになると、こわごわといった感じでスイートルームを見て歩いて、豪華な室内に感嘆の声をあげたが、その声は緊張でかすれがちだった。

コリーは金さえ出せば泊まれるホテルの部屋などほめてもらいたくなかった。自分が望んでいるのはいつものリラックスしたコリーンなのだ。僕にだけ心を開いてくれるあのコリーンに早く戻ってほしい。

彼女は窓辺で、はるか遠くに見えるピーチトリー・センターに見入っている。

コリーは背後から近づくと、静かな声で言った。「気にいってくれたかい？」

彼女は窓の外に目を向けたまま、無理に明るい声をつくろった。「とってもすてき、ありがとう」

「気分は？」

「ええ、最高よ」

「なにか気になることでもあるんじゃないかい？」

「いいえ大丈夫、心配しないで」

「ここに来たことを、後悔してるんだろう？」

「まさか。どうしてそんなことをきくの？」

「君がさっきから緊張してるからさ」コリーンが黙っているので、コリーは続けて尋ねた。「君が今なにを考えているかききたいな」

「すばらしい眺めだわ」

「ほんとうの気持をきかせてくれよ」

「今、言ったわ」

「こっちを向いて、僕の目を見て言ってくれ」

彼女はためらっていたが、やっと振り向いてゆっくり目を上げると、コリーの顔を見た。

「いいかい、コリーン。なにも緊張しなくていいんだよ。スイートをとったからといって同じベッドで寝なくてもいいんだから。部屋は二つある」

「でも、私……」

「これから外でランチを食べて、少し町を見てまわらないか。ショッピングをしてもいいし、映画かショーを観てもいい。なんなら遊園地に行こうか？」

「でも……」

「疲れてるのかな？　少し横になりたいんなら、僕は隣の部屋で待ってるよ」

「コリー、私は……」

「愛してるよ、コリーン」彼は彼女の頬をやさしく撫《な》でた。「僕は君に幸せになってもらいたいんだ。それが一番僕の望んでることさ。君の気持が固まるまで、いつまでも僕は待つつもりだ」

コリーンは小さくため息をついた。なにも言わせてくれないいらだちと、彼が身近にいるのになにもできない自分にいらだっていた。

「僕はどこかに消えようか？」コリーの声がこわばってくる。

コリーンはあわててかぶりを振った。「コリー……あなたを愛しているの」

コリーが目をまるくした。「ほ、ほんとうかい？」

「ほんとうに……とっても」

彼は喜びの声をあげると、彼女の首に手をまわした。「じゃあ、なにも問題はないじゃないか！　さっそく出かけて思いっ切り遊ぼうよ」

「コリー、私、外には行きたくないわ。あなたとこの部屋にいたいの」意を決してそう言ったせいか、彼女の頰はピンク色に染まり、息づかいが荒くなって胸が大きく波打った。コリーはいきなりハンマーで頭をなぐられたようなショックで、とっさに口がきけなかった。

「ごめんなさい。なんて言っていいのかわからなかったから……こんなこと経験ないいんですもの」

「君はなんにもあやまることなんかないんだ。ああ、愛しているよ、コリーン」

「私って、タイミングが悪いのね。自分の欲しいものがなにかはわかっているくせに、言い出すきっかけがつかめなくて……」

「ああ、コリーン。僕はいつだって君が欲しい。これからもずっと君が必要なんだ」

「私……それが知りたかったの」彼女がくぐもった声を出した。

「〝それが〟って？」

「ベッドをともにしたあとも、私を必要としてくれるかどうかが……」

「もちろん、僕は……僕はいつだって君が必要だ」彼は自信をもって答えた。

「じゃあ、それを証明して！　お願い、コリー」

このとき初めてコリーは、独立心の強い彼女が人になにかを頼むなんて今までにはなかったことだと気がついた。

コリーは長い間抑えてきた欲望をいっきょに吐き出すかのように、低いうめき声をもらすや、ありったけの愛と情熱をこめて彼女の唇にキスした。やがて、二人の呼吸が乱れはじめ、息も絶え絶えになって、やっとコリーは唇を離し、彼女を見おろして言った。

「ちょっと出かけてから、またこの部屋に帰ってこようか」

　コリーンは頭を横に振った。

「じゃあ、ワインか、シャンペンを注文しようか」

「いいえ」コリーンはささやくような声できっぱり断った。

「いいのかい？　ほんとうに」

「ほんとうにいいの」

　コリーはふたたびうめき声をあげて彼女をきつく抱き締めると、そのままベッドに誘った。抱きかかえている彼女の肩がふるえているのが感じられる。

「こわい？」

「少しだけ」

「僕もだ」

「でも、あなたは経験があるでしょう」

「心から愛した女性とは初めてだよ」コリーはベッドカバーと毛布をはぎとった。

「私は……だれとも経験がないのよ……」

「わかってる、コリーン」彼はやさしくほほえんで、彼女の両手を自分の手でつつみこんだ。

「だから、どうしていいかわからないの」

「自然にわかってくるさ」

「もし、変なことをしたら教えてくれる？」

「変なことなんかするはずがないさ」

「どうしてわかるの？」

「今までだって、僕が君に教えたかい？　むしろ君のほうが積極的だったこともあるくらいじゃないか」

「あのときは夢中だったからでしょう」

「なにも頭で考える必要はないんだ」

「でも、そうしたいの。どうするのか、ちゃんと知っておきたいから」

「わかった。じゃあ、教えるよ。それでいいんだね？」

コリーンがこっくりとうなずいた。

コリーはいつくしむようにじっと彼女の目を見た。「カーテンを閉めようか？」

「いいの」と彼女がささやく。「私、すべてをこの目で見たいの」

「ショックを受けないかな?」コリーの目がいたずらっぽく輝いている。

「私、見たいの」彼女は真剣な表情でもう一度ささやいた。

「オーケー」コリーはつぶやくように言って、彼女をベッドの端に座らせると、両手で頬をはさんで唇にキスした。初めのうちはゆっくり、やわらかくてなめらかな唇を味わい、やがて熱い舌を奥深くしのびこませてゆく。

しかし、時間をかけて彼女を愛するのがなまやさしいことではないのにコリーは気がついた。ただキスしているだけなのに、早くも官能が目覚めはじめているのだ。生まれたままの姿をした彼女が頭の中でちらちらし、二人のからまり合った脚が脳裏に浮かんできたかと思うと、ぴったりと体が結合する瞬間までが目に見えてくる。すっかり興奮している自分に気づいて、コリーはあわてて空想を打ち消した。

唇を合わせたまま、彼はふるえる手で自分のシャツのボタンをはずし、大きく胸をはだけた。「コリーン、僕は待っていたんだ、君の手がこの胸を愛撫《あいぶ》してくれるときを……」

彼の情熱的なキスに忘我の境地をさまよっていたコリーンは、やっとの思いで目を開いた。とたんにブロンズ像のような筋肉隆々たる男の胸が目にとびこんでくる。思わず息をのんだコリーンは、ふるえる手をマホガニー色の毛に覆われたその胸にあてて、ゆっくり愛撫しはじめた。

彼女のおずおずとした指の動きの下で、たちまちコリーの乳首が固くなった。と同時にうずくような快感が訪れ、思わず彼は唇を噛《か》んでそれに耐えた。

「ああ……ぞくぞくするよ、コリーン……」

初めての経験に心を奪われていたコリーンは、そんな彼の言葉も耳に入らない。

「……すばらしいわ、あなたの体……」と彼女はつぶやいて、いきなり厚い胸板にキスすると、濡《ぬ》れた唇を押しつけたままゆっくりと横にずらしていく。

コリーはたまらなくなって、思わず指を彼女の髪に差しこんで体をのけぞらせた。

「……コリーン、すごい……ああ……もっと……下の方……」

麝香《じゃこう》のような男の香りにうっとりして、コリーンはほとんど我を忘れていた。彼がなにか言ってるわ……なにかしてほしいみたい……頭がもうろうとしてくる。「なんだか頭がぼんやりして……いい気持なの……」

コリーは思わず笑い出した。「コリーン、まだ始まったばかりなんだよ。大丈夫かい、そんなことで、最後まで正気でいられるかな……」

彼女は自分の愛撫によって彼がどのくらい興奮するかをしっかりと見ておきたかった。コリーンは小さく頭を振ってささやいた。「大丈夫……」

いきなりコリーが位置を変えて、彼女を自分の膝の上に馬乗りにさせると、ブラウスをはぎ取り、ほんのりピンク色に染まった喉元に鼻先を押しつけるようにしながら、命令口調でこう言った。「さあ、好きなだけ僕に触るんだ」

コリーンはまず彼のシャツを脱がせると、背中を撫でまわし、そのあと胸にまわした手を徐々に下ろしていった。そしてたくましい男の肌にうっとりしながら、彼女は大胆にも、ファスナーが半分開きかけたスラックスの中に手をもぐりこませる。その手が一瞬、興奮した男の肉体をかすめたとき、コリーが思わずはっと息をのむのがわかった。

「どんな気持？」コリーンがささやく。

「電流が走った！」彼は大きく口を開けると、キャミソールとブラジャーの上から彼女の胸に顔を近づけ、乳首に軽く歯をたてた。

しなやかなランジェリーを通して伝わってくる快い刺激に、コリーンはぞくっと体をふるわせ、せつない吐息をもらしながらも、盛りあがる情熱を一つ一つ分析して、そのメカニズムを解明しようとつとめた。

彼女の手はさらに下へと向かい、まるで大きさを確かめるかのように、指を広げて男の情熱の源をすっぽりつつみこんだ。とたんにコリーがうめき声をあげた。

彼女がはっとして手をとめる。「痛かった？」

「いや、その反対だ。続けて……」

安心したコリーンは頬を胸毛に這《は》わせながら、手で軽くもむように愛撫を続けた。人間って愛撫されると肉体がふくらむんだわ……私が触れると彼のものが……そして私の胸は彼の愛撫で固くはってくる……。

「こんなものは取ってしまおう」彼はうなるような声を出して、いきなりコリーンのキャミソールを頭から脱がせた。そして肩ひものないブラジャーの上から攻めるように唇を乳房に這わせる。やがてそのブラジャーもはずされ、初々しいばら色の乳首が現れた。

「ああ……、コリーン……」彼は感嘆の声をあげて、唇をあて、やさしく舌で転がした。

コリーンは思わず声をあげ、熱く燃える下腹部を彼の腰に押しつけた。

コリーはそっと彼女をベッドに横たえ、あらわになったなめらかな胸をしばらくじっと眺めてから、スラックスと下着をゆっくり脱がせていった。

とうとう目の前には生まれたままの姿をしたコリーンが現れた。彼女は大きな窓から降りそそぐ陽光をたっぷりと浴びて横たわっている。コリーは片膝をベッドにのせ、名画を観賞するようにじっくり彼女の全身に視線を走らせた。まず、爪先から始まって、すんなりと伸びた膝から腿、それからデルタの草原、引き締まった腹部、形のいい胸の丘、そして最後に彼女の顔へと。コリーは絶句したまま、あまりの美しさにただ首を左右に振るばかりで、狂ったように彼女を抱き締めた。

「……なにを考えてるの？」彼女がそっときいた。

とっさに声が出ず、コリーはちょっと間をおいてから、かすれた声で答えた。「……こんなきれいな……体は見たことがない……君のすべてを僕のものにしたい……」

コリーンは彼の胸に顔を押しあてたまま、にっこりとほほえんだ。彼が観賞している間、じっと息を殺して体を動かさないでいたかいがあったわ……。

「恥ずかしい？」コリーは彼女の気持を察してきいた。

「ええ、少し。でも、うれしいわ。こんな気持になったのは初めてよ……半分は隠したいのに、半分はあなたに見てもらいたいの……それに、それに、あなたのすべても見たいわ……」彼女は知らず知らずのうちに彼のファスナーに手をかけていた。

うなるような声をあげたコリーは、すばやくスラックスを脱いで、彼女のそばに横たわった。

コリーンは完璧《かんぺき》なまでに美しい彼の雄々しさに目を奪われた。片肘をついて身を起こすと、彼女はしばらくたくましいその体を眺めてから、手を伸ばしてがっしりとした肩を撫でた。

「またキスしていいかい？」コリーはまず彼女の唇から、そして、感じやすい部分を次から次へとキスで攻めていった。

やがてコリーの手が内腿を這い、熱い泉をさぐりあてると、コリーンの体を電流が走り抜け、頭の中が一瞬真空状態になった。

二人の情熱はそろそろ限界に達していた。コリーは彼女に体を重ね、そっとその手を握って、「目を開けてごらん」とささやいた。

ゆっくりと目を開けた彼女の目は、悶《もだ》えるような欲望できらきら輝いていた。

「これから君と一つになりたい。初めは少し痛いかもしれないが、すぐ楽になるからね」

愛してるわ……声にはならなかったが、コリーンははっきりとそう口にした。

コリーはもう一度、大丈夫だから、と念を押しておいて、力強く彼女の中に入っていった。

その瞬間、二人の口から軽い叫びがもれる。コリーンの痛みは結合の一瞬だけで、あとには歓《よろこ》びの波が押し寄せてきた。「ああ、コリー……コリー……」

「すばらしい、コリーン……」コリーはいったん慎重に腰を引いてから、今度はゆっくりと奥深く体を沈めた。

コリーがリズミカルに動きはじめると、彼女もその動きに合わせる。しだいに二人の呼吸が乱れてきた。やがて情熱の炎がめらめらと燃えあがり、高く舞いあがって、花火のようにはじけたかと思うと、二人は同時に声をあげてたがいの体にしがみついていた。

ぐったりして彼女のわきに横たわったコリーは、やさしくコリーンの体を引き寄せて胸に抱き、汗に濡れた彼女の髪をかきあげた。「すっかり君の魔力のとりこになってしまった」彼女が目を開けると、コリーはほほえんで言った。

「それでよかったの、悪かったの?」

「両方さ」コリーンが眉をしかめると、コリーのほほえみは笑いに変わった。「よかったのは、こんなにすばらしいときを過ごしたのが初めてだったということ。悪いほうは、君が僕を骨抜きにしてしまったこと」

彼女の唇にものうい笑みが広がった。「考えてみれば、ヨットの上でも、ヒルトン・ヘッドでも今日と同じことができたはずね」

「いや、あのときには今日と同じ気持になれなかったと思う。君が僕を愛しているかどうかが、僕にははっきりわかってなかったんだから」

コリーンはほほえんだまま目を閉じて、大きく息を吸いこむと、体をまるめて彼に寄り添った。「愛しているわ、コリー」もう先のことなどどうでもよかった。今の満ちりた気分が将来に対する不安や恐れを遠くへ押しやっていたのだ。

コリーも久しぶりにさわやかな気分に満たされていた。これで彼女が結婚に同意してくれれば完璧だが、ここで自分から結婚話は持ち出したくなかった。せっかくこれまで我慢に我慢を重ねて、彼女のほうから自分を投げ出してくるのをじっと待ったのだから。結婚に関しても彼女が結婚したいと言い出すのを待ったほうがいい。

コリーは「ふうっ」と満足そうな吐息をついて、コリーンをしっかりと抱き寄せた。

「好きだな、君の髪。レモンの香りがして。また興奮してきそうだ」

コリーンは頭をそらして彼を見た。「ほかにあなたを興奮させるものは？」

「小柄できれいな脚、それに豊かな胸とヒップ……ちょっとあっちを向いてごらん。君のヒップを見てみたいから」

「だって動けないわ」

「じゃあ、触ってみよう」彼は彼女のヒップに手を伸ばして撫でまわした。

コリーンは思わず大きく息を吸いこんだ。こんなところに性感帯があるなんて思いもよらなかった。彼女はなんだか全身がけだるくなりはじめた。

彼は小さく咳《せき》ばらいをすると、かすれた声を出した。「小さくてまるく、いいヒップだ。つい興奮させられるよ……」

「私も……」

「僕のヒップは君のようにまるくはないさ」

「あら、そう?」コリーンは彼のお尻に触ってみた。「そうね。固いわ。でも、刺激的だわ」

二人はごく自然に唇を合わせた。

「さあ、もうそろそろ出かけようか」コリーが彼女の耳にささやく。

「いや……もう少し……」

「ぐずぐずしてると、また始まっちゃうぞ」

「いいわよ」

「だめだよ。痛い思いをするのは君なんだから」

「私なら大丈夫」

「じゃあ、温かいお風呂に入ったほうがいい。これは医者の命令だ」

「だって、今、入りたくないわ」

「じゃあ、僕がいっしょに入ろうか」

「ほんと?」

とたんにコリーはベッドから跳ね起きて、彼女の腕を引っぱった。「ゆっくりお湯につかってから、着替えをして町に繰り出そう」

コリーンは彼の首にとびついた。「そのあとで、また愛し合う?」

「君がお望みならね」

「私は今、お望みなの」

コリーはため息をついて、彼女を浴室に連れていくと、おごそかな声で言った。「コリーン、いいかい。僕は君のためを思ってやっているんだ。初めての経験なんだからね。逆らうんじゃない、いいね……もちろん、僕は君が欲しい。一日中だって抱いていたいくらい君が欲しいんだ」彼はコリーンに手を触れないようにと用心しながら、言葉を続けた。「いつだって君が欲しいことには変わりないが、それだけが僕の望みだとは思われたくないんだ。今、僕が望んでいるのは、君といっしょに風呂に入ったあと、君に町を見せること。それからランチを食べて、ショッピングをしたり、どこかおもしろいところに行くことだ。ドレスを着た君を連れて歩きながら、その下に隠されている肌を知っているのは僕だけだ、と思ってこっそりほくそえむのも悪くないな」そう言うと、コリーは身をかがめて浴槽の蛇口をひねった。

コリーンは彼の背中を上から下まで撫でおろした。逆三角形の美しいプロポーションだ。ウエストのちょっと上にほくろがあるのを見つけた彼女は、さっそく茶目っけを出して、軽くそれを突っついた。

とたんにコリーはぞくっと身をふるわせ、振り返ってぎらりと燃える目でコリーンをにらんだかと思うと、あっと言う間もなく彼女を抱きかかえて、そのまま浴槽にとびこんだ。

「しょうがないな、君って人は」コリーはわざとらしくため息をついて、いきなり激しくキスをした。

彼女にはその荒々しさがたまらなかった。男っぽい筋肉のふるえる感じが官能を刺激するのだ。それに、熱く燃える男の情熱が下腹部に押しつけられる感じも、なんともいえず好きだった。

コリーは彼女の敏感な部分に温かい湯をかけながら、そっといとおしむように愛撫し、やがてヒップをつかんでぐっと引き寄せると、彼女の中に沈んでいった。

コリーンはもうなにも考えられなくなった。彼の動きに身をまかせていると、体の芯《しん》から怒濤《どとう》のような波が次々と押し寄せてくる。それが渦となり嵐《あらし》となって、ついにはめくるめく甘美な世界に導かれて砕け散ってしまった。

午後、アトランタの町を二人で歩きながら、コリーンはほかの男性に心を向けてみた。ランチを食べに入ったレストランでは、一人で新聞を読んでいるさっそうとした黒髪のビジネスマンに。なにげなく立ち寄った本屋では、淡い栗色の髪をしたインテリ風のすてきな紳士に。そしてゴージャスなイブニングドレスを買ったブティックの店先では、走り過ぎていく筋骨たくましいランナーに……。

どの男性も彼女の心を奪うまではないにしても、なかなか魅力にあふれた紳士たちだ。しかし、振り返ってコリーのほほえみに出合うと、とたんに、ほかの男性に目を向けていた自分がばかばかしくなってくる。彼の豊かな赤褐色の髪をみれば、つい指で触れたくなるし、見あげるような引き締まった体に寄り添えば、なんだかそのまま崩れてしまいそうになる。

結局、コリーの前ではどんな男性も色あせてしまうのだということを確認したコリーンは、仕方なくこの週末はコリーだけを見て過ごそうと心を決めた。

二人は思いつくままにいろいろなことをして楽しんだ。このぶんでは、きっとホテルに帰ると疲れてくたくただろうと思ったが、実際にはディナーの着替えのために部屋に戻ると、すぐベッドで戯れはじめ、結局朝までたがいの体をむさぼり合う始末だった。それればかりか、日曜日の朝はルームサービスの朝食をとったあと、すぐまたベッドに入り、とうとうもう一泊して、帰りを月曜日に延ばさなければならなくなった。

アトランタでの休暇を終えて、飛行機でサバンナに戻り、そこからヒルトン・ヘッドに向かう車の中で、コリーは彼女の手にキスしながらこう言った。「君がなにを考えているか当ててみようか。島に帰ってしまえば、事態はまったく違ってくると思ってるんだろう。しかし、変わりはないよ、コリーン」

コリーの言葉はまさに図星だった。彼女はそれをひそかに恐れていたのだ。「すてきな二日間だったわ……ほんとにこれで終わりじゃなければいいけど」

「終わりじゃないに決まってるさ。もちろん、僕たちには仕事が残ってるけど、仕事のないときにはまた会えるんだから」

「また私に会いたい？」

「変な質問しないでくれよ」

「でも、ちょっと息抜きがしたいんじゃなくって？」

「オフィスで？　冗談じゃないよ。息抜きするためには、毎晩君といっしょに家に帰らなくちゃ」

「そんな……」

「ホテルなんかに泊まらないで、僕の家に来ればいいんだ」

「そんなこと無理よ。変に思われるわ」

「大丈夫。それに、たとえ変に思われたってかまわない。僕は君に泊まってもらいたいんだ」

「じゃあ、あなたが私のホテルに来ればいいわ。そのほうが私にとって都合がいいし

「……」

「夜は僕の家で泊まって、毎朝ホテルまで君を送っていくっていうのはどうだい？　もうすぐ君はボルティモアに帰るんだから、残された時間をできるだけいっしょに過ごしたいんだ」

「またすぐここに戻ってくるわよ。そういう仕事のスケジュールになっているでしょう」

「じゃあ、今度帰ってきたときには僕の家に泊まってくれるね」

コリーのきっぱりとした言葉に、たちまちコリーンの胸がいっぱいになった。「そんなに私といっしょにいたいの？」

「コリーン……僕は君に結婚を申し込んだんだよ。それで僕の気持はわかるだろう。だけど今すぐ、返事が欲しいというんじゃない。君がご両親のことを考えて迷っているのもよくわかってるんだ。ただ僕が今まで結婚しなかったのは、生涯をともにする気になれるほどの女性が現れなかったからで、いったん結婚を決意すれば、僕は一生別れないつもりだよ」コリーはそこで一息ついて、また言葉を続けた。「だけど、君が心を決められないうちは、僕も無理に君を追いつめたくないと思っている。だからこそ一度いっしょに暮らしてみようと言ってるんだ。せめてここにいる間ぐらい……。いずれは君もボルティモアに帰らなければならない、お祖母《ばあ》さんも待ってることだしね……。ああ、もし僕の思いどおりになるんだったら、今すぐにでも結婚式のプランをたてるんだが……」

コリーは高揚した気持をしずめるように、彼女の手の甲に何度もキスした。

「だから、どうか僕の家に泊まってほしい。こんなことを頼むなんて初めてだけど」

「ほんとに初めて？」コリーンの声にはからかうような調子が混じっていた。

「ええ、ほんとうです、マダム。ですから、どうかよくお考えになってくださいますよう……」

「でも、あなたってほんとに無精者なのよね」つい先日、家政婦がやってくる前日に彼の家を見てしまったコリーンは、彼の家に泊まることについていくらかのためらいがあった。新聞はあちこちに散らばっているし、汚れたグラスはキッチンカウンターに山と積まれている。しかも、テーブルの上は郵便物でいっぱいだし、ベッドルームは着替えた服で足の踏み場もない。よくもこれだけ一人で汚せるものだと感心させられてしまうほどだ。

「君の魔力でそんな僕を改造すればいい」

「そんなことできるかしら」

「とにかく、いっしょに暮らすことだ」

「それに、あなたはベッドの左側で寝る習慣があるでしょう?」

「うん。それで?」

「私もそうなの」

「昨日も、おとといも右側で寝てたじゃないか」

「だって、くたくたで位置を変える力さえ残ってなかったのよ」

コリーはふざけて彼女の手に噛みついた。「じゃあ、君が泊まってくれれば、左側を譲ろう。だから泊まるんだよ、いいね。これは命令だ」

「実はね……」コリーンは彼の肩に頬を寄せてささやくように言った。「あなたの家の中庭《パティオ》で愛し合うなんて、ちょっと刺激的じゃないかと思っていたの」

二人はパティオに限らず、キッチンでも、バスルームでも、書斎でも、もちろん寝室でも、ところかまわず求め合った。生まれ変わったコリーンは情熱のおもむくままに、しかも限界に挑もうとでもするように、時を忘れて愛し合ったのだ。二人の愛には限界がなかった。彼の裸を見ただけで気分が高揚し、ちょっと触られただけでどうしようもなくなるコリーンは、ひたすらセックスにおぼれたのだった。

仕事中にもほかの男性を観察しては、すてきだと思えるところがないかとさがしてみるのだが、だれであろうとコリーには遠く及ばない。

ふたたび週末がめぐってきて、コリーンはうしろ髪を引かれる思いでボルティモアへ帰ってきた。コリーは出張しなければならなかったし、彼女のほうはオフィスでの仕事が山と待ち受けていた。もちろん祖母のようすも気にかかったし、たまっている家の雑用も片づけなければならなかったが、なんといっても、コリーと長い間離れていることによって、二人の仲がどうなるかを知りたかった。

ところが、会いたくてどうしようもなくなったのはコリーンのほうだった。ちょっとハンサムな男性を見ると、コリーと錯覚してしまったり、すてきな人を見つけてじっと見つめていても、すぐにあきてしまう始末だった。

祖母との生活が急に堅苦しいものになり、ビクトリア朝の家もなんだかうっとうしいばかりに思われてくる。オフィスでデスクに向かいながらも、目は絶えずドアを気にし、今にもコリーがとびこんでくるのではないかと、心ときめかしているありさまだった。

もちろん、彼のほうも、どこにいても毎晩電話をかけてきて、その日あったことを聞きたがり、自分のことも細大もらさず話した。そして最後には必ず〝愛しているよ〟と言って電話を切るのが習慣になった。

コリーンは次に会える日を指折り数えて待ち、やがてその日がくると、それがどこであろうが、だれが見ていようが、かまわず彼の胸にとびこんでいくのだった。

そんなとき、彼は喜びを体いっぱいに表してしっかりと彼女を抱き締めてくれた。どうやら彼も、コリーンが自分を裏切るはずがないと信じ切っているようだった。

しばらく離れているうちに、二人の気持は前以上に熱くなり、たがいを求め合う心はいっそう深まっていた。ちょうど植物の根が大地に広がってしっかりと幹を支えるように、二人は愛の幹を育てるために心のきずなを大地にどっしりと根づかせていたのだ。

コリーンには時間が必要だった。しかし彼が結婚話を持ち出すたびに、ぐずぐずと結論を引き延ばしている自分に、コリーンは罪悪感を感じるようにもなっていた。もちろん彼がことあるごとに結婚しようと言ってくれるのは、コリーンにとって悪い気持ではなかった。もし、彼がいっしょに暮らすだけで満足だというのなら、コリーンは傷ついていたかもしれない。結婚は永続的な男女の結びつきであり、コリーンが求めていたのはまさにその永続性と安定性だったのだから。

しかし、その永続性は、男女の関係に限らず、肉親の関係にも永遠についてまわることを彼女は忘れていた。コリーンがヒルトン・ヘッドに滞在していたある日、祖母から電話がかかり、妹のロクサーンが行方不明だと知らせてきたのだ。コリーンはとるものもとりあえず、荷物をまとめて、朝一番の飛行機にとび乗る準備を整えた。

9

コリーは彼女といっしょにニューヨークへ行くと言いはった。

「あなたはいっぱいお仕事をかかえているんだから、そんな心配はしないで」とコリーンは断った。彼女がヒルトン・ヘッドにいる間、コリーはできるだけ出張しないで、たいていの仕事は長距離電話ですませているのを彼女はちゃんと知っていたからだ。

しかし、コリーはがんとして聞き入れず、着替えを次々と旅行鞄《かばん》につめこんでいる。

「ただ急ぎの用というだけなら電話でなんとかなる。しかし、これは重大な事態なんだからね」

「でも、あなたはまだ私の妹に会ったこともないのに……」

「君の妹さんだというだけで、理由は十分だろう?」

「コリー、ほんとにいいの？　私、あなたに迷惑をかけたくないわ」

「コリーン、僕は自分の意思で行くんだ。迷惑だなんてこれっぽっちも思ってやしない」

「でも……」

「いいかい、これは僕の命令だ」

「……わかったわ」コリーンは仕方なく承知し、ふと旅行鞄を見て顔をしかめた。「そんなつめ方をしたらしわだらけになってしまうわ。ニューヨークに着いたら、みんなくしゃくしゃで着られないわよ」

彼女はすぐさま彼の鞄をきちんとつめ直した。ロクサーンの失踪《しっそう》で少し気持が混乱していたコリーンは、コリーがついてきてくれることになって、正直なところおおいに安堵《あんど》していた。彼女はさっきから涙を見せまいとして必死で耐えていたのだ。

翌朝、朝一番の飛行機に二人は乗ったが、機が離陸するやコリーンはすぐに彼の手を握った。「ありがとう、コリー。あなたが来てくれてほんとによかったわ」

「だけど、心の中で妹さんのことが心配で心配でたまらないんだろう？」

彼女は自分を責めるような目つきになってコリーを見た。「実を言うと、ロクサーンから助けを求める手紙が何通も届いていたの。もちろん、電話では話をしたけれど、やっぱり会ってじっくり話を聞いてやるべきだったんだわ」

「しかし、君は忙しかったから……」

「でも、ほかならぬ妹のことですもの」

「だけど、彼女ももう大人だし、結婚し、子供もいるんだろう？　いつまでも君が母親がわりをするわけにはいかないさ。これまでにもう君は十分その役目をはたしてきたんだし」

コリーンは首を振った。彼の意見が気にいらなかったのではなく、妹の行動が信じられない思いだったのだ。「なぜ、こんなことしたのかしら……夫のフランクとうまくいってないのはわかっていたけれど、でも、息子のジェフリーを置いて家出するなんて……」

「置き手紙になんと書いてあったのか、フランクから聞いたかい？」

「現実から逃げ出したいって……ロクサーンがそんなこと言うなんて信じられないわ。私の母がよく言ってた言葉なの」

「ロクサーンはお母さんに会いに行ったのだろうか？」

「まさか……それはよほどのことがない限りありえないと思うんだけど……母はきまま

にその日その日を過ごしたい人だから、娘に来られてもじゃまなだけだと思うわ」いつのまにかコリーンはけわしい口調になっていた。「母に電話して、なにかを頼むなんて気持にはとてもなれないわ」

「しかし、フランクはもうあちこちに電話をしてるだろう」

「そうでしょうね。あんなに取り乱したフランクの声を聞くなんて、初めてですもの。きっと生まれて初めて、どうしていいかわからなくて、うろうろ家中を歩きまわっているんだと思うわ」

コリーンの予想は当たっていた。フランクは二人の姿を見て、まるでロクサーン自身が帰ってきたかのように大喜びした。

さっそく三人はあらゆる友人や知り合いに電話をしたが、だれもロクサーンの行方を知っている人はいなかった。仕方なく警察に届けようかという意見も出たが、妻が自分の意思で夫と子供を置き去りにして家出した場合、警察は親身になってさがしてくれないだろうという結論になって、それもとりやめになった。それでとうとう最後の手段として、パリにいる父親のアレックスに連絡してみようということになり、コリーンがロクサーンの旧友になりすまして、彼女に連絡をとりたいと電話をかけたが、アレックスはただ彼女の現住所、つまりフランクの家を教えただけだった。

三人はまた頭を突き合わせて彼女の行きそうなところを考えた。車をおいていったので、まだマンハッタンにいる可能性もある……偽名を使ってホテルに泊まっているのだろうか。それとも、飛行機でもうどこか遠くに行ってしまったのだろうか。あるいは汽車かバスを使ったかもしれない。その場合はやはり専門家の手をわずらわせるよりほかに方法はないのではないか。

そこで三人は私立探偵を雇うことにした。ここでもイニシアチブをとったのはコリーだった。彼はマンハッタンの知り合いに連絡をとって、腕ききの探偵を紹介してもらった。

探偵はさっそくやってきて、ロクサーンの外見、好み、写真などのほか、彼女がお金を引き出す可能性があるため、銀行の口座番号や、クレジットカードの番号などをきいてメモした。

翌日の午前中にさっそく探偵から連絡があって、ロクサーンは家出した日に自分の口座からわずかではあるが預金を引き出していること、それにシカゴ行きの航空券をクレジットカードで買っていることが判明した。

コリーンとコリーとフランクはその日、一日中、電話の前で過ごした。なにはともあれ、ロクサーンがカード類を使って足跡を残していることに一同は希望を見出していた。フランクは自責の念にかられ、今までロクサーンの悩みに無頓着《むとんちゃく》だった自分をしきりに悔いた。ジェフリーにはロクサーンが旅行に出たから、そのうち帰ってくると話し、あとは三人ともその言葉が現実になるようにと祈るばかりだった。

コリーンはコリーと二人だけになれるチャンスをとらえて小声で言った。「私、いつかはこんな事態がくるんじゃないかと恐れていたの。やっぱり血は争えないものね」

コリーは彼女の肩を抱き寄せた。「これは血とは関係ない。心の問題なんだ。ロクサーンはフランクの注意をひきたかったんだろう。ただふつうのやり方じゃ効果がないんで、身近な母親の例をまねただけだよ」

「彼女、意識的に行動したと思う？」

「君の話から察するに、ロクサーンは聡明《そうめい》な女性らしいじゃないか。おそらく、フランクを刺激するために過激な手段にでたんだろうが、ちゃんと計算したうえの行動じゃないかな」

「じゃあ、彼女はなにを求めているんだと思う？」

「具体的ななにかを求めているわけではないと思うよ。ただフランクにさがしてもらいたいだけなのかもしれない」

「いつも彼女に注意を向けてくれる人をさがしているのかしら……。それとも……もしかしたら彼女は性的に満たされていないのかもしれないわ」

「いや、そうじゃない」突然、背後から低い声が聞こえてきて二人はぎょっとした。振り向くと、フランクが居間の入口に立っているではないか。

コリーンはあわてて弁解するように口ごもった。「ごめんなさい、フランク。つい立ち入ったことを……」

「あやまらなくてもいいよ、コリーン。ロクサーンは君の妹なんだから、この際へたに遠慮しても仕方がない。しかも、夫として僕は失格だったんだから……。ただ一つだけ言っておくが、僕たち夫婦はベッドではなにも問題はなかったはずだ」彼は恥じるようすもなく、淡々とした口調で続けた。「なにか僕たちのセックスについて、ロクサーンは手紙で不満でも訴えたことがあったのかい？」

「それはなかったわ」

「性的な不満はないと思うよ。実を言えば、僕たちの仲はそれだけで保たれていたようなものだったから……」フランクはきまり悪そうに首のうしろをかいた。「そうじゃなければ、とっくに彼女は家を出ていただろうと思う」それだけ言うと、彼は苦々しい顔で居間を出ていった。

しばらくの間、二人は顔を見合わせたまま言葉もなかった。やがてコリーンはコリーにぴったりと体を寄せて言った。「私が恐れていたのはそれなのよ。フランクは大人だからなんとかなるけれど、かわいそうなのはジェフリーだわ……今は旅行に出ているのを信じているけれど、もし、いつまでもロクサーンが帰ってこなかったら……」

「帰ってくるさ」コリーは断言した。「フランクはちゃんと足が地についた冷静な人だし、ロクサーンに帰ってきてもらいたいと望んでいるんだ。それに、彼女はジェフリーをかわいがっていたんだろう。どこが君の両親に似てるんだい？」

「そうね……あなたの言うとおりかもしれないわ。この際、そうであることを祈るしかないわね」

その日の夕方、探偵から電話がかかってきた。ロクサーンの足どりは、シカゴからラスベガスに飛んだところまでは追跡できたが、その後はまったく行方が知れないと言う。

その夜、コリーンはコリーの腕の中でまんじりともしなかった。ラスベガスだなんて……もし、ロクサーンが刹那的《せつなてき》な楽しみにおぼれたいと思ったのなら、ラスベガスほどふさわしい場所はないわ……。

　ところが翌日の昼すぎ、だれもがまったく予期していなかったことが起こった。ロクサーンが突然帰ってきたのだ。狂喜したフランクが玄関に走り出て、しっかりと彼女を抱きとめた。コリーとコリーンはすぐにでも彼女の顔を見に行きたかったが、遠慮して奥の方で我慢していた。

「ごめんなさい、フランク」ロクサーンはすすり泣いている。「ごめんなさい……」

「いや、あやまらなければならないのはこっちのほうだ。君の気持も考えず……」

「私……家出して気楽に暮らしたいと思ったの……でも、あなたやジェフリーが恋しくて……」

「とにかく、無事でよかった……」

「ラスベガスに行ってたの……」

「知ってるよ」

「どうして？」

「僕たち、私立探偵を雇ったんだ」

「僕たちって？」

フランクは抱き締めていた腕をゆるめて、コリーンのいる方に目をやった。

「コリーン」ロクサーンは涙に濡《ぬ》れた目をまるくして叫んだ。「ああ、コリーン！」彼女はフランクの体に腕をまわしたまま彼を引きずるように居間を横切って、コリーンにも抱きついた。「ごめんなさい。わざわざボルティモアから来てくれたのね」

「今回はボルティモアからじゃないんだけれど、どこにいたって、あなたのためなら飛んでくるわ。ほんとはもっと早く来ていればよかったんだけど」

「ありがとう……」ロクサーンの声は涙でとぎれがちだった。しばらくおたがいに抱き合っていたが、やっと体を離したロクサーンは、ふとコリーに目を向けた。それからコリーンの方を見て、もう一度、赤褐色の髪をしたハンサムな男性に目をやった。

「コリーン、この方がコリーなのね？」ロクサーンはつぶやくように言うと、彼の方に両手を差し伸べて、軽くコリーを抱いた。「コリーンからあなたのお噂《うわさ》は聞いてたわ。その髪の美しさを……コリーンが男性の髪について話すなんて珍しいから、きっとあなたはコリーンにとって特別な人じゃないかって思ってましたの……ああ、ごめんなさい。私のことであなたにまでご迷惑をかけて……」

「とんでもない」コリーはきっぱりと打ち消してから、からかうように言った。「むしろ、あなたに会えるチャンスができてよかった。コリーンはあなた方のお祖母《ばあ》さんにもなかなか会わせてくれないんだ。コリーンは、まるで僕がお祖母さんに危害でも加えるみたいに思ってるらしくてね」

ロクサーンは一瞬その言葉をおもしろがるような表情をしてみせたが、次の瞬間にはもうフランクの胸に顔をうずめて、しっかりと彼を抱き締めていた。

コリーンとコリーはその日の午後、ヒルトン・ヘッドに戻った。ロクサーン一家については これからの経過を見守るよりほかにない。二人の間がうまくいかないようであれば、専門家のカウンセリングを受けさせなければならないだろう。コリーも言ったように、コリーンはできるだけのことをしたのだから、あとはロクサーンとフランクの問題なのだ。

ヒルトン・ヘッドでの二週間はあっという間に過ぎ去ったが、コリーとの結婚話にはなんの進展もみられなかった。コリーンは仕事に忙殺されていたから、コリーが、結婚問題について彼なりの結論を出していたことにはまったく気がついていなかった。

ボルティモアに帰る日、空港で搭乗時刻のアナウンスを待っていると、コリーのほうからこう切り出してきた。「実はずっと考えていたんだけど……」コリーは彼女の手を取り、じっと小指を見つめた。

コリーンはなんだか悪い予感がして胸がどきどきしてきた。考えてみれば、一日中帰り支度で忙しくて、コリーがなにを考えているのかを詮索《せんさく》する暇がなかったのだ。

「もしかしたら、しばらく君はボルティモアにいたほうがいいのかもしれない」コリーがゆっくりした口調で言った。

コリーンの胸の動悸《どうき》が激しくなった。「あなたが来てくださるの？」

「いや、僕は行かない。少し時間をかけて君にじっくりと考えてもらいたいんだ」

「私にあきたのね？　そんなことだと思ったわ。またあなたはカーディナルのように翼を広げて、あちこちと飛びまわるつもり……」

「違う！」コリーは刺すようなグリーンの瞳を向けた。「全然違う」

「でも、もう私に会いたくないって……」

「会いたい。毎日だって毎晩だって会いたいさ。僕は君と結婚したいんだ、コリーン。しかし、君のほうがまだその準備ができていない。僕を愛していると君は言うが、どの程度なのか、ほんとうに愛しているのか、僕には確信が持てないんだ。ちょっと距離をおいて考えれば、自分の求めているものがなんなのか、はっきりしてくるんじゃないかと思う」

「私は結婚したいと思ってるけれど……」

「〝思ってる〟じゃ頼りないね。頭で思うだけじゃなく、心で感じなくちゃ本物とはいえないよ」

「でも……」

「僕は待っている。ほかの女性に目を向けるようなことはぜったいにない。だから、君もほかの男性と付き合わないでほしいんだ。しかし、もし君がそうしたほうがいいと考えるなら、それも仕方がないけどね」

「そんな……私はほかの男性となんか……」

そのとき、スピーカーからアナウンスの声が聞こえてきた。

「飛行機が出るよ」コリーはしっかりとコリーンの手を握って立ちあがると、彼女の体を引き寄せた。「じゃあ、これでお別れするよ。別れが長引くのはかえって苦しいから」彼はそう言って、そっと彼女にキスした。「愛してるよ、コリーン」

「コリー……」

彼は指で彼女の唇を押さえた。「なにも言わないこと。これは僕の命令だ」最後にコリーはおでこに軽くキスしてから、くるりと背中を向けたかと思うと、ショックで呆然《ぼうぜん》と立ちつくしているコリーンを残したままさっさと立ち去っていった。

悲しみ、喪失感、恐れ、絶望などの入り混じった気持をかかえたまま、ボルティモアに帰ってきたコリーンは、まずタクシーでオフィスに行き、突然の帰社に驚くアランに仕事の経過を報告してから、すぐまたタクシーを拾って家まで帰った。そして祖母にしばらく旅に出る旨を告げると、旅行鞄も開けず、そのままタクシーに積みこんで、空港に向かった。

幸いなことにアトランタ行きの最終便に間に合ったが、残念ながらサバンナ行きへの乗り換え便は出たあとだった。仕方なく空港近くのモーテルに部屋をとったが、コリーに対する怒りで一晩中まんじりともしなかった。そしてその怒りは、翌朝一番の便に乗り、タクシーでコリーのオフィスに乗りつけたときには頂点に達していた。

コリーンは事務所に一歩足を踏み入れるや、投げ捨てるように旅行鞄を置いて、歩きながら秘書に来訪を告げた。そしてそのまま荒々しくコリーのオフィスに入って行き、うしろ手でばたんとドアを閉めた。コリーは顔を上げたとたん、彼女の怒りの表情にでくわして一瞬たじろいだ。

「よくもあんな仕打ちをしてくれたわね！」コリーンは両手を腰にあて、怒りに体をふるわせながら彼をにらみつけた。「あんな別れ方をするなんて最低よ！　愛している女性を追い返すなんて見さげはてた男だわ！　愛してるって言ってるのに、その気持を疑うなんて！　結婚したい女に向かって、命令だなんて、いったい自分は何様だと思ってるの！　こっちにだって感情ってものがあるんですからね！」

コリーはぽかんと口を開けたままコリーンの顔を見つめていた。彼女は彼が反撃してくると思ったのか、相手に口をはさむチャンスを与えずにしゃべりつづけた。

「言っておきますけど、私があなたに命令される筋合いはないんですからね。私は結婚したいって言ったんだから、結婚するまではボルティモアに帰らないわ。わかったわね」

コリーは開けていた口を閉じ、ゆっくりと椅子の背にもたれた。「今日は珍しく乱れた格好をしてるじゃないか、コリーン」

「そう言うあなただって同じでしょ！　髪は手でかきあげただけみたいだし、寝不足で目の下がたるんでるわ。ネクタイの結び方だっておかしいじゃないの」

「つまり、寝不足なのはおたがいさまってわけだ」彼は憎らしいほど落ち着きはらった声で言った。

「どれもこれも全部あなたのせいですからね！　あんなやり方って、許せないわ！」

「そうだろうね」

「そうだろうねって、にやにや笑ってすませる場合じゃないでしょう！　いったいその顔はなんなのよ！　私の言葉が少しも胸にこたえていないのね！」

「こたえてるさ」そう言うと、彼は立ちあがってコリーンの腕を取り、引きずるようにして歩き出した。

「なにするのよ！」

「家まで送っていく」

「私はボルティモアなんかには帰りませんからね」

コリーンは無理やり引っぱられてつまずきそうになった。

「ボルティモアじゃない、僕の家まで、いや、僕たちの家まで送っていくんだ」

「あら……ということは、私にあやまりたいってわけ？」

「そうさ」

「私たち、結婚するの？」

「そうだ」

コリーは秘書の前を通り抜け、彼女の旅行鞄を無視してコリーンを引っぱって行こうとする。「コリー、私のバッグ……」

「バッグなんかあとでいい！」

「コリー、ほかに言うことないの？　私を愛しているとか、すごく心配してたとか、帰ってきてうれしいとか……」

彼はエレベーターを待ちながら、彼女の方を向いて言った。「愛してるよ。すごく心配してた。帰ってきてくれてうれしいさ」

「なによ、その言い方……」そのとき、エレベーターのドアが開いた。

中に足を踏み入れたとたん、コリーは彼女を壁に押しつけて、あっという間に唇を奪った。最初はちょっと抵抗した彼女も、しだいに彼の情熱に負け、いつのまにか熱い舌を受け入れていた。

二人は居間のカーペットに横たわっていた。彼らのまわりには、着ていた服が散らばっている。二人の情熱は寝室までもたなかったのだ。

コリーンはコリーの腕のつけ根にそっとキスした。

彼がそれに応《こた》えて彼女を抱き寄せると、コリーンは彼の脚に自分の脚をからめる。

「なにを考えているんだい？」コリーがやさしく尋ねた。

コリーンはこれまでになく激しい愛を交わした直後のせいか、けだるい声でこう言った。「ぼんやりとロクサーンのことを考えてたの……彼女、いったんは自由のチャンスを手にしたのに、考え直して帰ってきたわ。もし、彼女が母と同じなら、帰ってこなかったと思うの。ある点では似ているけれど、ちゃんとブレーキがかかるところが彼女なのね。だから、私もそうじゃないかと思って……あなたと愛し合うのが好きだけど、異常というほどではないわよね」

コリーはくっくっと喉元で笑いながら、これほど満たされた気持になったことがあっただろうかと考えていた。

「ねえ、コリー」彼女が彼の胸毛に指をからませながら甘えた声を出した。

「うん？」

「あれは計画的だったの？」

「なにが?」

「空港で私を突き放したのは。一種のショック療法だったの?」

「まあね」

「こんなに早く戻ってくるとは思わなかった?」

「うん」

「びっくりさせちゃったかしら?」

「うん」

「うれしかった?」

「最高さ」

「あら、これ、なんの音かしら?」

「僕の腹の虫……ぺこぺこなんだ」

コリーンは半分体を起こして彼を見た。「朝、ちゃんと食事をした?」

「そのつもりでいたんだけど……」

彼女はふと振り返って、鼻をくんくんさせた。「なにかしら、このにおい?」

「イングリッシュ・マフィンがこげたにおいだ。朝、食べようと思ってオーブンに入れたまま、君のことを考えていたものだからすっかり忘れていた」

「だって家政婦さんが空気の入れ替えを……」コリーンははっと口をつぐむと、あわてて立ちあがり、きまり悪そうに両手であらわな胸を隠した。「家政婦さん、今どこにいるの？」

　コリーは笑って自分も立ちあがった。「彼女は気分が悪いから休むって」

　コリーンは疑うような目つきをした。「ずいぶん都合のいい話ね。ほんとは私がすぐに戻ってくると思って、休ませたんじゃないの？」

「そんなことしないさ」コリーはさっと彼女の肩を抱いてキッチンに連れていった。「もし、君が戻ってくると知っていたら、こんなにキッチンを汚くしておくもんか」

「まあ、ひどい！　マフィンを灰にしたうえに、いったいこれはなにをしたの？」

「オーブンの中で卵料理ができると思ってたんだ」

「できないこともないけれど……」

「でも、殻つきだと爆発しちゃうんだぜ。どうだ、君も知らなかっただろう」

●本書は、1989年3月に小社より刊行された『遅い体験』を改題して文庫化したものです。

めぐり逢う季節
2006年11月15日発行　第1刷

著　　者／バーバラ・デリンスキー
訳　　者／真田　都（まだ　みやこ）
発 行 人／ベリンダ・ホブス
発 行 所／株式会社 ハーレクイン
東京都千代田区内神田 1-14-6
電話／03-3292-8091（営業）
03-3292-8457（読者サービス係）

印刷・製本／凸版印刷株式会社

イラスト・装幀／河合あけみ（シュガー）

定価はカバーに表示してあります。

造本には十分注意しておりますが、乱丁（ページ順序の間違い）・落丁（本文の一部抜け落ち）がありました場合は、お取り替えいたします。ご面倒ですが、購入された書店名を明記の上、小社読者サービス係宛ご送付ください。送料小社負担にてお取り替えいたします。ただし、古書店で購入されたものについてはお取り替えできません。文章ばかりでなくデザインなども含めた本書のすべてにおいて、一部あるいは全部を無断で複写、複製することを禁じます。

®とTMがついているものはハーレクイン社の登録商標です。

Printed in Japan © Harlequin K.K. 2006
ISBN4-596-91199-1

MIRA文庫

ねらわれた女
バーバラ・デリンスキー
矢島未知子 訳
不可解な出来事が人気作家サーシャの周りで次々と起こる。彼女の身に大きな危険が迫っている！ダグは見えない敵からサーシャを守ろうとするが…。

冷たい雨のあとに
エリザベス・ローウェル
小林みどり 訳
ロッキング・M牧場は忘れられない初恋の風景――今も痛む心の傷をひた隠し、カーラは振り向くはずもないルークとともに3ヵ月間暮らすことになった。

蒼い薔薇
ノーラ・ロバーツ
飛田野裕子 訳
一流モデルのヒラリーは、カンザス出身の田舎娘。上流階級で育った富豪ブレットを好きになればなるほど、本当の自分を見失っていくようで…。

あの夏を忘れない
リンダ・ハワード
ダイアナ・パーマー
アン・メイジャー
上木さよ子 他 訳
暑さによる停電で、別れた恋人同士がオフィスビルに閉じこめられて…。『大停電に祝福を』をはじめ世界屈指のベストセラー作家作品を豪華に収録！

同窓生
サンドラ・ブラウン
霜月 桂 訳
高校卒業直後の駆け落ちは失敗に終わった。若すぎた愛を引き裂かれたダニーとローガンは、10年ぶりにクラス会で再会することになるが…。

楽園の代償
サンドラ・ブラウン
小林町子 訳
故障した膝のリハビリのため、田舎町のアパートに越したブレア。ブロードウェイへの復帰に焦る彼女の前に、優しく男らしいショーンが現れて…。